FABLES

PAR

LÉGER RABÈS

TULLE
IMPRIMERIE CRAUFFON

—

1885

FABLES

1092

FABLES

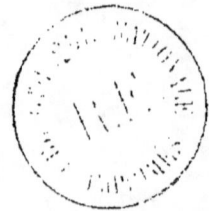

PAR

LÉGER RABÈS

TULLE

IMPRIMERIE CRAUFFON

—

1885

PRÉFACE

—

Les fables ont un fond commun qui ne varie guère;
aussi, est-il nécessaire, si l'on veut être lu, de sortir
du ton ordinaire de l'apologue, et de faire quelque
chose de nouveau; mais, que peut-on bien dire, après
La Fontaine? Ce grand homme a été tellement supé-
rieur, dans ce genre de poésie, à tous ceux qui l'ont
précédé ou suivi, que les écrivains, qui veulent mar-
cher sur ses traces, se trouvent sans cesse obsédés, je
pourrais dire troublés, par le souvenir de ce maître
inimitable. Malgré la difficulté, j'ai donc cherché,
autant qu'il m'était possible, à diriger mes observa-
tions sur des sujets qui n'avaient pas encore été abordés

par mes devanciers; et, toutes les fois que je me suis
rencontré avec eux dans l'étude des mêmes questions,
je me suis efforcé de les traiter à un autre point de
vue, de manière à en tirer une moralité différente, et
à produire ainsi une œuvre nouvelle. C'est ce que j'ai
fait pour quelques fables de Lessing et de Lokman.
Le patois, comme tous les langages primitifs, se prête
admirablement à l'apologue; les paysans, la plupart
du temps, ne parlent que par images ou par paraboles;
j'ai donc recueilli, dans nos campagnes limousines, de
vieux dictons et de jolis contes, ou plutôt des fabliaux
du moyen âge, qui se sont transmis de génération en
génération, et d'où j'ai tiré quelques apologues qui ne
manquent pas d'une certaine originalité. Tout le reste
est de mon invention.

Afin de donner plus de variété et d'agrément à
l'ensemble de mes fables, j'ai mêlé les sujets graves
aux récits plus gais, passant indifféremment des questions philosophiques ou de morale stricte, aux aven-
tures galantes et légères qui ont trait soit au mariage,
soit à l'amour, et tout cela avec des allures libres et

franches, sachant bien que je m'adresse à des hommes.
J'ai mis partout de l'entrain, de l'enjouement et de la
gaieté, étant bien persuadé que le principal mérite
d'une fable est d'intéresser et de plaire, non-seulement
par des détails et des traits amusants, mais aussi par
ce style naturel et sans recherche qui convient si bien
à ces récits simples et familiers. C'est à ce prix qu'on
peut se faire écouter : l'homme n'est pas toujours dis-
posé à entendre parler de ses défauts; on est forcé
d'user avec lui de ménagements, de recourir à des
subterfuges, à des artifices de langage pour lui dire
ses vérités, sans que son amour-propre en soit froissé.
Ma morale, du reste, est douce et facile : je suis plein
d'indulgence pour les fautes des autres : nous sommes
obligés de vivre avec nos semblables dans la famille,
dans la société; il nous faut donc fermer les yeux sur
bien des choses, si nous voulons vivre en paix avec eux.
La vie, sans concessions, est-elle possible?

Je ne me pose donc point en moraliste bien austère;
je n'entends nullement réformer l'humanité, et je sais
que le monde ira toujours son train; j'ai seulement

l'espoir que les personnes qui me feront l'honneur de
me lire, trouveront par-ci par-là, sous ces innocentes
allégories, quelques idées vraies et quelques conseils
utiles qu'elles voudront bien retenir, après en avoir
ri. Tel est le but de cet ouvrage.

Tulle, février 1885.

LÉGER RABÈS.

LIVRE I

FABLE I

LE MERLE, LE PIVERT ET LE COUCOU.

Un merle vif, hardi, galant,
Tout fier de sa jeunesse et de sa bonne mine,
Aimait éperdument la grive, sa voisine.
Il la suivait partout, sifflant et se jouant,
Sur le bord des ruisseaux, à travers le feuillage ;
Mais, malheureusement, dans le fond du bocage,
La pie avait surpris des rendez-vous suspects,
Innocents, je veux bien, mais enfin peu corrects.

Elle avait bien promis de garder le silence,

   Pour éviter la médisance,

  Mais songez donc à la difficulté :

Cacher, tout un printemps, cette conduite impie!

Quelle tâche, grand Dieu! surtout pour une pie.

Elle n'y put tenir, et tout fut répété.

Les oiseaux, furieux, en congrès s'assemblèrent,

   Et, sans plus tarder, décidèrent

  Qu'on manderait le merle au tribunal.

Notre pauvre amoureux faillit se trouver mal.

Le pivert, fort en droit, relevait son courage :

« Que vous reproche-t-on ? d'avoir été volage ?

D'avoir publiquement étalé vos amours?

C'est là votre grand tort : on se cache toujours.

Mais enfin, après tout, le cas n'est pas pendable,

Et la faute, à votre âge, est encore excusable.

Ne vous désolez pas. Ecoutez mes conseils :

On donne à l'accusé, dans des procès pareils,

Le droit, pour décider, de choisir un arbitre.

Prenez donc le coucou : c'est un vieux criminel;

Vous connaissez ses mœurs, son vice habituel?

Je crois qu'il vous rendrait des points, à plus d'un titre?

   Avec lui rien n'est perdu.

Il est encore absent pour la semaine ;
Nous ferons renvoyer les débats à huitaine.
        A lundi, c'est entendu. »
Quand le coucou revint de son lointain voyage,
On lui conta l'histoire. Il dit sévèrement :
« Vous m'attendiez, Messieurs, pour rendre un jugement ?
        C'est à la fois peu prudent et peu sage.
Le merle s'est toujours moqué du mariage ;
Eh bien, coupable ou non, vous deviez l'arrêter.
Quand il s'agit de mœurs vous allez accepter
Des vulgaires délits la longue procédure ?
Voici déjà deux mois que cette affaire dure !
Les corbeaux sont venus quatre fois protester,
Et sans verbaliser la police le laisse
Dans les jardins publics promener sa drôlesse !...
Enfin, dans un taillis, il pouvait se cacher,
La belle aurait pondu, comment les dénicher ?
Oh ! je n'en reviens pas. Quelle scélératesse !
Délaisser une épouse... et puis changer d'espèce !...
Allons, jusqu'à vingt ans, comme punition,
Vous ferez-bien, Messieurs, de le tenir en cage,
        Loin de ces lieux, dans un endroit sauvage :
Ce sera pour calmer sa folle passion. »

On allait prononcer la sentence cruelle ;
Mais beaucoup de jurés blamèrent hautement
L'excessive rigueur d'un pareil jugement :
Le ramier, l'étourneau, le geai, la tourterelle
        Protestèrent avec raison.
On réduisit la peine à six mois de prison.

Les gens pervers entre eux ne se pardonnent guère
        S'ils rencontrent dans une affaire
            Leurs propres défauts.
        Ils sont aussi méchants que faux.
C'est ainsi qu'en amour vous trouvez l'indulgence,
        Je peux dire la tolérance,
    Plutôt auprès d'un homme vertueux
Que chez un débauché, surtout quand il est vieux.

FABLE II

LE FERMIER ET LES RATS

Dans un vaste grenier, un fermier limousin
Entassait orge, blé, chènevis, sarrasin.
Les raisins, en festons, accrochés aux murailles,
  Et les noix et les fruits,
Chaque jour invitaient à de franches ripailles
  Les rats et les souris.
  Depuis bien des années,
  On ne voyait plus les chats
  Par de fréquentes tournées
  Venir troubler leurs ébats :

Le maître les chassait ; et, malgré les prières

De ses enfants, les souricières

Ou le poison

N'avaient jamais franchi le seuil de la maison.

Aussi ce peuple heureux, la table toujours mise,

A l'abri du danger et sans souci du chat,

Luisant, dodu, replet, se tenait en état,

Mangeant ce qu'il fallait sans trop de gourmandise.

Son fils lui dit un soir : « Quel motif avez-vous,

Mon père, pour traiter avec tant d'indulgence

Cette bande de filous ?

Si vous me laissiez maître !... Oh ! la vilaine engeance !

A quoi sert de les ménager ?

Vous vous laissez piller, gruger,

Par ce tas de brigands sans en tirer vengeance ?

— Mon fils, dans un grenier on a toujours des rats ;

Déjà depuis longtemps tous les nôtres sont gras.

Vous voulez, dites-vous, leur déclarer la guerre ?

Et pourquoi, s'il vous plaît ? Vous n'y gagnerez guère :

Si vous les détruisez, pas plus tard que demain

De la maison voisine il en reviendra d'autres,

Maigres, mourant de faim,

Qui coûteront plus cher à nourrir que les nôtres. »

Il avait bien raison,
Ce paysan, retenez la leçon :
Quand vous aurez chez vous des serviteurs à gages,
Fermiers, gérants, colons, valets,
S'ils sont gras, gardez-les,
Sans vous préoccuper de petits grappillages.
Que faire ? les chasser ?
Hélas ! non. Il faut y passer.
Et j'en dirais autant de tous ces bons apôtres
Qui rongent le budget dans un gouvernement.
Laissons-les, croyez-moi, fuyons le changement :
Il nous en coûte trop pour en engraisser d'autres.

FABLE III

—

LA GRENOUILLE ET LE PAPILLON.

Une grenouille, au vert corsage,
Se plaignait aux roseaux en son bruyant langage :
« Eh ! qu'ai-je fait, grand Dieu ! pour inspirer l'horreur ?
Serais-je par hasard victime d'une erreur ?
Que me reproche-t-on ? Est-ce ma nourriture ?
Mais je ne vis que d'eau pure !
Je m'en vais quelquefois sur le bord des ruisseaux,
A travers la prairie,
Chercher sous l'herbe fleurie
Les fourmis et les vermisseaux.

Eh bien, le rossignol n'a-t-il pas même vie ?
Qu'il est heureux pourtant, et comme je l'envie !
On l'écoute le jour, on l'écoute la nuit,
On trouve sa voix charmante ;
On me fuit,
Moi, quand je chante !
Que dis-je ? des manants, armés de grands bâtons,
Ont l'insolence
De venir battre l'eau pour m'imposer silence,
Comme si j'empêchais de dormir leurs moutons!... »
Un papillon lui dit : « Ma sœur, si tout le monde
Eprouve en vous voyant un dégoût si profond
C'est qu'hélas ! on vous confond
Avec un être immonde :
Vous ressemblez au crapaud.
Voilà votre défaut.
Oh ! je sais bien, chère voisine,
Qu'il ne faut point se fier à la mine ;
Depuis l'erreur du souriceau,
Les animaux, du moins, ne s'y laissent plus prendre.
Que voulez-vous ? l'homme est un sot,
On a beau l'avertir, il ne veut pas entendre. »

FABLE IV

—

L'OURS, L'ANE ET LE LION.

Avec les animaux
Quand le lion partit en guerre,
Aux premiers rangs de ses vassaux
Il mit le léopard, le tigre et la panthère :
Leur valeur l'exigeait. Daims, cerfs, chevreuils, élans
En éclaireurs galopaient sur les flancs ;
Le chameau, le dromadaire
Et l'éléphant arrivaient par derrière
Portant sur leurs dos
De très lourds fardeaux,

Les vivres, les canons, le trésor, les bagages :

C'était le train des équipages ;

Au centre de l'armée, une brillante cour

De singes, de renards, aux couleurs les plus riches ;

A son tour,

Au milieu des biches,

Se tenait Sa Majesté

Ayant l'âne à son côté.

Ce dernier, fier de sa place,

De sa plus belle voix contait à tout propos

Des histoires d'amour, des histoires de chasse,

Et le maître avait l'air de goûter ses bons mots.

Les courtisans, tout bas, en firent la remarque.

L'ours, enfin, indigné, s'approcha du monarque :

« Sire, dit-il, nous sommes étonnés,

Et même peinés,

Qu'un prince comme vous puisse un instant se plaire

En la société d'un pareil fanfaron.

Voyons, réfléchissez, pour nous c'est un affront. »

Le lion dit : « Laissez-moi faire.

Je le connais. Si j'en prends soin,

Si je le flatte ainsi, c'est que j'en ai besoin :

Sa voix peut m'être fort utile

Au moment décisif pour entraîner nos gens. »

Je ne dis pas toujours, mais la plupart du temps
L'amitié chez les grands n'a pas d'autre mobile :
S'ils sont pour un petit d'une extrême bonté,
Ce n'est point par amour mais par nécessité.

FABLE V

—

LE RUISSEAU ET LA FEUILLE.

Un paisible ruisseau,
Plein d'égards pour les fleurs qui caressaient son eau,
Prenait subitement de grands airs d'arrogance
En s'éloignant des lieux de sa naissance :
Sans doute il était fier d'un petit affluent
Qui lui devait l'hommage ;
Il se croyait par là très influent
Et tranchait du haut personnage.
Il se fâchait, cherchait querelle aux arbrisseaux,
Aux libellules, aux roseaux,
Tourmentait surtout un vieux chêne,

L'accusant d'envoyer ses racines trop loin ;
Il parlait même au besoin
De sortir de son lit pour inonder la plaine...
Une feuille lui dit :
« Restez dans votre lit,
Ce sera plus prudent, surtout moins ridicule.
On dirait que le mont Blanc
Vous a porté dans son flanc
Si l'on n'apercevait d'ici le monticule
Qui vous donna le jour !... Chose étrange, chez vous,
Vous êtes calme et doux ;
Ailleurs, vous devenez insolent, irascible ;
Vous voulez renverser le chêne ! Est-ce possible?
Non, non, personne ne vous prend
Pour un torrent.
Quittez donc ces faux airs et cette fière mine :
Nous sommes renseignés sur votre humble origine. »

Avec ceux qui l'ont connu,
Un parvenu
Ne fait jamais sentir son importance ;
Son premier soin,
Dès qu'il est loin,
C'est d'étaler son or et sa toute-puissance.

FABLE VI

—

LE CHÊNE ET LE ROSEAU.

Quand l'orage eut passé, le roseau dit au chêne :
« Vous vous moquiez de moi! Je vous le disais bien
Que tous vos grands efforts n'aboutiraient à rien...
C'est égal, je vous plains. Ah! c'était bien la peine
D'avoir jusqu'à la fin vaillamment combattu!
Vous saviez bien qu'un jour vous seriez abattu?
En baissant, comme moi, modestement la tête,
Vous pouviez chaque fois éviter la tempête.
Vous voyez maintenant que vous avez eu tort?... »
Le chêne répondit : « Que m'importe la mort?

2

Quand je reçois un outrage,
Et que l'outrage vient d'un plus puissant que moi,
Sans songer au danger je tiens tête à l'orage.
Le tonnerre et les vents m'en voulaient d'être roi.
Ils avaient décidé que, devant leur colère,
Je devais abaisser ma tête séculaire :
        Ils ont voulu m'humilier.
Vous cédez, vous, mais moi, je ne sais pas plier. »

Salut, hommes vaillants, aux âmes énergiques,
Qui tombez sous le coup des discordes publiques !
        Nous aimons votre fierté.
    Vous faites bien de ne pas vous soumettre
Aux orgueilleux désirs, aux caprices d'un maître :
        C'est toujours beau d'avoir lutté !
Ah ! ne vous plaignez pas si l'on brise vos chaînes !
Les roseaux à présent ont remplacé les chênes ;
Il faut courber le dos pour régner ici-bas.
Partez, libres et fiers, ne nous regrettez pas.

FABLE VII

—

LE LOUP ET L'HIRONDELLE.

Un vieux loup peu courtois, surtout très inhumain,
Trouva, dans des buissons, sur le bord du chemin,
        Une hirondelle cachée.
        Il n'en fit qu'une bouchée.
« Oh ! dit la pauvre bête, avant de m'avaler,
        Prenez garde à mes plumes :
        Vous pourriez vous étrangler.
— Non, non, dit le glouton, nos lois et nos coutumes
        Nous disent en pareil cas
Quel est le procédé pour sortir d'embarras.

Merci, pourtant ; votre bonté me touche.

Allons, adieu, mignonne, et souvenez-vous bien

Qu'un gosier de loup ne craint rien. »

Mais le cruel ouvrit un peu la bouche

En parlant,

Et l'oiseau tout tremblant

Profita de l'étroit passage

Pour déloger.

Mademoiselle, en face du danger,

Soyez calme toujours, ne perdez pas courage :

J'en connais beaucoup

Qui s'échappent ainsi de la gueule du loup.

FABLE VIII

LE TAUREAU ET LE MOUCHERON.

Dans un grand pâturage,
Choisi comme rendez-vous,
Un taureau fier, brutal, disons le mot, jaloux,
Attendait son rival pour venger un outrage.
Tantôt il courait anxieux,
Courbant sa tête superbe,
Et de ses pieds furieux
Fouillant le sol, arrachant l'herbe ;
Tantôt il s'arrêtait, le front haut, fièrement,
Poussait un long mugissement,

Comme pour appeler son indigne adversaire,

      Qui n'avait pas encore osé

Venir sur le terrain terminer cette affaire.

     Un moucheron, sur ses cornes posé,

    Lui dit : « Pourquoi prenez-vous tant de peine ?

       Je vous vois suant, hors d'haleine.

        Vous auriez dû m'avertir.

        C'est bien, je vais partir :

     Je m'en doutais, mon poids vous gêne.

— Votre poids!... Allons donc, répondit le taureau,

      Qu'est-ce que cela peut me faire?

Cent mille comme vous ne me pèseraient guère ;

Vous ne pouvez en rien me gêner, au contraire :

Quand on est si petit on n'est jamais de trop. »

L'insecte prit ces mots pour une impertinence.

       Il voulait bien se venger,

        Mais comment sans danger

Demander au taureau raison de cette offense?...

     Par là vous reconnaissez bien

Ces avortons rageurs, ces petits imbéciles,

Qui font les importants ou les hommes utiles,

       Et ne sont bons à rien.

Si par hasard on leur rappelle
L'inanité de leurs efforts,
Ils se fâchent, cherchent querelle
Et vous feraient souffrir, s'ils étaient les plus forts.

FABLE IX

—

LE ROSSIGNOL ET LE PAON.

Un rossignol, au retour du printemps,
 Avait beau charmer le bocage
  Par ses plus doux accents,
 Aucun oiseau du voisinage
Ne venait apporter, comme remerciement,
  Le plus petit compliment
 Pour tant d'efforts, de grâce et d'harmonie.
Que dis-je? on répandait encor la calomnie :
 Un sansonnet, aussi bavard que sot,
Osait insinuer que toutes ses romances

N'étaient que des réminiscences
De la fauvette et du linot.
Notre barde, incompris, froissé de ces outrages,
Quitta, le cœur bien gros, ses ruisseaux, ses ombrages,
Et tristement s'envola
Vers les épais massifs d'une riche villa.
Il se mit à chanter ses joyeuses ballades
Le lendemain, au point du jour ;
Les oiseaux de la basse-cour
Ecoutaient, ébahis, ses charmantes roulades.
On demande à le voir ; le paon lui-même accourt,
Il se jette à ses pieds : « Merci, dit-il, cher maître
Oh ! la charmante voix ! Quel talent gracieux !
D'où venez-vous ? Oh ! faites-nous connaître
Celui qui vous apprit ces airs délicieux.
Que cherchez-vous ? Une couronne ?
Eh bien, je règne ici sur une vaste cour,
J'ai de nombreux sujets ; ô divin troubadour !
Si mon sceptre vous plaît, restez, je vous le donne. »
Le rossignol reprit : « Ah ! Dieu comble mes vœux !
Je possède un ami !... Noble cœur ! oui, je veux
Vous aimer, mais avant, laissez-moi rendre hommage
A votre beau plumage ;

Devant ce brillant assemblage
De pourpre, de rubis, d'or et de diamants,
      Que deviennent mes pauvres chants?...
Je voulais dans vos bois deux fois me faire entendre,
Mais je n'ose partir : je veux vous adorer,
Vous, de votre côté, vous pouvez m'admirer :
      Nous sommes faits pour nous comprendre. »
      Et nos amis se flattant,
      Se louant, se félicitant,
Vécurent fort heureux et tendrement s'aimèrent...
      Tant que les éloges durèrent.

      Deux rivaux dans le même art
Ne vivent pas longtemps en bonne intelligence :
      Les critiques, la médisance,
         Vont leur train ; puis, plus tard,
      On se fâche, on s'injurie :
      Point d'amitié sans flatterie.

FABLE X

—

L'OURS ET SON FILS.

L'ours, un jour,
Conduisit son fils à la cour.
« Regardez, lui dit-il, cet antre inaccessible,
Cet immense charnier, ce parc délicieux ;
Remarquez-vous ces gens, au dos flexible,
Qui, pour mieux saluer le maître de ces lieux,
Se prosternent jusqu'à terre ?
Ce sont les courtisans. J'aperçois le renard,
Le singe, le chameau ; voici le léopard,

Le plus haut dignitaire,

Après le tigre et la panthère :

Il porte le bougeoir au coucher du lion.

Tenez, ils entrent tous dans ce grand pavillon.

— C'est vrai. Mais où donc est la porte?

Je n'en vois d'aucune sorte.

— La porte ? La voilà.

— Je la croyais plus grande que cela.

Oh! quelle est étroite et basse!

Et c'est par là que tout ce monde passe ?

Mais comment fait l'éléphant ?

— Comme on fait chez les rois : il rampe, mon enfant. »

FABLE XI

—

LE COQ ET LE CHAPON.

Un jeune coq, étourdi, sans façon,
Chaque soir, vers minuit, entonnait sa chanson,
        Trompé par un beau clair de lune.
« Pourquoi, dit un chapon, à cette heure importune,
Venez-vous, bêtement, troubler notre sommeil ?
        Vous savez bien que l'aurore
        Ne se lève pas encore ?
N'avez-vous pas le temps d'annoncer son réveil ?
        Vous prenez, je suppose,
        De Phébé la pâle lueur

Pour l'éclatante rougeur
De la déesse aux doigts de rose. »

D'illustres prétendants vous servez mal la cause
Confidents trop zélés, députés, courtisans,
Qui fatiguez ainsi par votre impatience
Et la foule et vos partisans.
Imitez des vieux coqs la longue expérience.
Dès qu'un point lumineux paraît à l'horizon,
Vous vous battez les flancs en criant sans raison
Que la nuit se retire et que le jour va naître.
Nous regardons partout et nous ne voyons rien.
Laissez-nous donc dormir; vous voyez bien
Que le soleil encor n'est pas prêt de paraître?

FABLE XII

—

LE RAT DE VILLE ET LE RAT DES CHAMPS.

Le rat des champs, suivant la fable,
Craignant quelque nouveau danger,
Au plus vite quitta la table
Et s'empressa de déloger.

« Bonsoir, disait-il à son hôte,
Je pars : l'abondance des plats
M'empêche de manger et m'ôte
Tout le charme de vos repas.

Oh! vous aimez trop l'opulence!
Chez vous on ne manque de rien ;
Moi, je reste dans l'indigence,
En me privant, et je fais bien.

Que voulez-vous? Dans ma retraite
On connaît peu les ortolans ;
Un grain d'avoine, une noisette
Sont pour moi des mets succulents :

Et puis, dans mes bois, nul ne passe,
Je sors, je rentre en liberté ;
Aucun péril ne me menace :
Je me plais dans ma pauvreté... »

Et vers son petit ermitage
Le rat s'en allait en courant ;
Un chat le saisit au passage,
L'étreignit, le laissa mourant.

« Triste sort ! dit la pauvre bête,
A quoi m'a servi de souffrir?
Que n'ai-je joui de la fête,
Puisqu'un jour je devais mourir !...

Ah! pauvre fou! pendant ma vie
J'ai vécu misérablement,
J'ai pratiqué l'économie,
Pour les autres, assurément.

Il valait mieux, comme mon frère,
Mourir au milieu du festin
Que d'attendre dans la misère
Les rigueurs d'un pareil destin. »

FABLE XIII

—

LA GRENOUILLE, LE CHIEN ET LE MOUTON.

Une grenouille coassant,
Près d'un étang,
Vit l'ombre d'un oiseau se refléter dans l'onde.
Elle eut grandement peur,
Fit entendre un cri de frayeur,
Et disparut sous l'eau, vers sa grotte profonde.
Un chien, témoin de l'accident,
N'écoutant que son courage,
Allait, pour la sauver, se jeter à la nage ;
Un mouton, qui passait, le retint : « Imprudent !

Que faites-vous ? une telle aventure

    Peut à ce point vous effrayer ?

    Une grenouille se noyer !...

Ça ne s'est vu jamais, même en peinture :

C'est son métier, mon ami, de plonger

      Et de nager. »

A peine il finissait, que, soudain, la peureuse

Du milieu des roseaux sortit majestueuse,

    Et reprit son chant,

    Comme avant.

Quand on voit de certains gaillards dans la détresse,

    C'est une insigne maladresse

(Je parle au figuré) de leur porter secours :

    Vous pouvez compromettre

Le bien de vos enfants, votre avenir peut-être,

Mais eux, ne craignez rien, se sauveront toujours.

FABLE XIV

—

LE TIGRE ET LA BICHE.

Par la mort du renard, une charge importante
A la cour du lion devint un jour vacante.
C'était, je m'en souviens, l'office de lecteur.
Le tigre fut prié, comme grand électeur,
      De choisir un gentilhomme
De talent, beau causeur, savant, capable en somme,
      Par son esprit et ses bons mots,
D'instruire et d'amuser le roi des animaux.
L'ours blanc se présenta. Dans un hardi voyage,
Monté sur un glaçon, son vaisseau de haut bord,

Il avait trouvé le passage
Au pôle nord.
L'éléphant fit valoir sa haute intelligence,
Ses travaux bien connus, sa profonde science.
Les autres concurrents,
D'une moindre importance,
Se firent appuyer d'amis et de parents
Qu'ils savaient à la cour avoir quelque créance.
Aucun d'eux n'aboutit. Je sais qu'un vrai savant
Ne se rencontre pas souvent ;
Mais rappelons aussi que, même à table,
Le tigre était toujours d'une humeur détestable ;
En dehors des repas,
On le disait cruel... cruel... je ne crois pas ;
Il avait, cependant, à jeun, une manière
Singulière
D'ouvrir la bouche et de montrer les dents,
Peu faite, j'en conviens, pour attirer les gens.
Or donc, le cerf, lassé de mener triste vie,
Fut tout à coup pris de l'envie
De quitter ses forêts et d'aller à son tour
Rechercher les honneurs et la gloire à la cour.
Mais, en fait de science, il n'avait pour bagage

Que sa grande légèreté.

(Je mets le reste de côté,

Car ce n'était au fond qu'un simple commérage).

Je dois dire pourtant

Qu'il avait eu le talent

De choisir pour compagne une biche adorable,

Adroite, insinuante, et qui, dans bien des cas,

Par sa grâce avait su le sortir d'embarras.

Il pensa donc qu'il serait préférable

Qu'elle prit l'affaire en main

Et partit en ambassade.

Elle arriva le lendemain.

Le tigre en la voyant quitta cet air maussade

Et devint radieux :

« Quel heureux sort vous conduit en ces lieux,

Belle imprudente? Eh quoi! Venir dans mon repaire!

Vous n'avez donc pas craint d'affronter ma colère ?

Savez-vous qui je suis? Et si je vous croquais?...

— Sire, je le mériterais;

Mais votre cœur, je sais, est si noble et si riche

Qu'il ne peut résister aux larmes d'une biche.

Vous parlez de votre courroux!

Je voudrais le subir, il me serait bien doux!

Qui ne voudrait au moins être griffé par vous?...
Je viens pour mon mari prier Votre Excellence
De ne pas l'oublier dans cette circonstance ;
   Il le mérite, accordez-lui
     Votre appui ;
   De mes enfants c'est le père !
— Tant mieux, tant mieux, je n'ai jamais dit le contraire,
  Reprit le tigre, et je ferai pour vous
Placer où vous voudrez votre charmant époux,
Mais je crains que l'emploi ne lui convienne guère :
   Ailleurs il a réussi,
   Il peut échouer ici :
Vous savez, à la cour, que les têtes cornues
   En général sont peu connues :
Ces ornements branchus qu'il porte sur le front,
Gracieux dans les bois, ici le gêneront :
Il va tout nous briser si par malheur il passe
Près d'une cheminée ou devant une glace !
Oh ! ces cornes vont nuire à son avancement !
   — Des cornes ! un empêchement !....
Je les lui couperai... — Très bien, mais, prenez garde,
Elles repousseront. — Non, cela me regarde.
— Vous le voulez ? demain paraîtra le décret ;

Mais que notre entretien reste toujours secret :

La tigresse, mon épouse,

Prendrait votre démarche en fort mauvaise part ;

Elle est déjà peu tendre à mon égard ;

Que faudrait-il, grand Dieu ! pour la rendre jalouse !...»

Vous demandez, lecteurs, la morale ? Et pourquoi ?

Je vous vois déjà sourire.

Non, je ne veux plus rien dire :

Cette fois vous saurez le deviner sans moi !...

FABLE XV

—

L'ENFANT ET LA COULEUVRE.

Un écolier surprit une couleuvre.
    « C'est toujours une bonne œuvre,
    S'écria-t-il, de punir des ingrats.
    Cette fois celui-ci ne m'échappera pas. »
    Mais le serpent se dresse, redoutable,
Et lui dit : « Envers vous de quoi suis-je coupable,
    Mon bel enfant? Vous ai-je fait du mal
        Pour ainsi me poursuivre?
        — Oui, vilain animal,
Dit le marmot, j'ai lu moi-même dans mon livre

De quelle étrange façon
Vous avez accueilli la généreuse envie
Qu'eut certain villageois de vous rendre à la vie.
Il voulait vous porter dans sa propre maison ! »
Le reptile reprit : « Votre livre, sans doute,
Se garde bien d'ajouter
Que le rustre en plein champ est venu m'arrêter,
Armé de son bâton, qu'il me barrait la route,
Cherchait à me frapper. Je me suis défendu.
On vous parle après ça de service rendu !
C'est ainsi qu'à l'école on vous apprend l'histoire?
Comment pouvez-vous y croire
Et condamner quelqu'un sans l'avoir entendu!
Je pourrais me venger ; mais non, je vous pardonne :
Vous êtes un enfant, passez votre chemin.
C'est un conseil que je vous donne.
A l'avenir, soyez plus juste et plus humain.
Je ne mérite pas cet odieux reproche
D'être un ingrat : qui n'entend qu'une cloche,
N'entend, dit-on,
Qu'un son.
Que mon exemple, au moins, vous serve de leçon. »

FABLE XVI

—

LE PAPILLON ET LE VER LUISANT.

L'épouse d'un ver luisant
Allumait tous les soirs sa petite lanterne,
Et sur sa robe sombre et terne
Ajustait beau fichu, corsage éblouissant :
Elle attendait anxieuse,
Que son époux,
Fidèle au rendez-vous,
Vint partager sa couche radieuse.
Un papillon, coquet, galant,

Au clair de lune,

Cherchant fortune,

Vit ce phare étincelant.

Il s'écria tout tremblant :

« Je sais d'où vous venez, flamme mystérieuse !

Vous ne pouvez partir que d'une âme amoureuse !

Une divinité

Dans d'aussi beaux rayons peut seule ainsi paraître

Et projeter sur nous une telle clarté !

Oui, je t'aime sans te connaître...

Quelque chose pourtant vient troubler mes transports...

Seraient-ce des regrets, seraient-ce des remords ?

Je sais bien que la rose

M'en voudra si j'ose

Être infidèle à nos amours ;

Mais... je suis seul... la nuit me couvre de son voile,

Ma foi... tant pis ! adorer une étoile

Ne se rencontre pas toujours... »

Et vers sa Dulcinée, à travers la charmille,

Il se glisse, guidé par l'étrange lueur ;

Dès qu'il fut à ses pieds, il recula d'horreur :

L'étoile n'était plus qu'une affreuse chenille.

Quand notre imagination
Se laisse aller à tes rêves bizarres,
Amour, cruel amour, quelle déception !
Quel réveil tu nous prépares !

FABLE XVII

—

LA TULIPE ET LE GRILLON.

Une tulipe au calice vermeil,
            Courbait sa tige languissante
                Sous l'ardeur brûlante
        Des longs baisers du soleil.
        « Si ce soir on ne m'arrose,
    Dit-elle au maître du jardin,
J'ai déjà fait mes adieux à la rose,
        Je serai morte demain.
        — Patientez, chère voisine,
            Répondit un grillon,   j

Patientez : l'eau que l'on vous destine
Inonderait ma maison.
— Eh bien, après ? la belle affaire !
Un peu d'eau ne peut pas vous causer un grand tort.
Quand on vous mouillerait !... Du reste, pour vous plaire,
Je ne veux point m'exposer à la mort. »
Et, sous l'onde bienfaisante,
Pendant que la fleur,
Ivre de bonheur,
Relevait doucement sa tête souriante,
Le grillon, affolé, luttait contre les eaux.
Il s'échappa du naufrage
En gagnant à la nage
Un massif de rosiers moins battu par l'orage ;
Mais, hélas ! tous ses biens restèrent dans les flots.

Il n'est pas de besoins plus pressants que les nôtres.
On cherche à s'arranger
D'abord, sans songer
Qu'on s'enrichit peut-être en ruinant les autres.

FABLE XVIII

—

L'OIE ET LE CANARD.

Sur le bord d'un étang,
Une belle oie
Considérait avec joie
Son plumage éclatant,
Et disait : « Qu'il est beau ! Quel lustre ! Aucune tache
N'en souille l'éclat si pur ;
Regardez : aucun point obscur
Sur sa blancheur ne se détache.
Les lys lui cèdent le pas ;
Il fait même pâlir la neige

Et son brillant cortège

De givre et de frimas.

J'entends toujours parler du cygne ;

Enfin ! ne suis-je pas digne

De tenir noblement le rang qu'il peut avoir ?...

Eh bien, aujourd'hui, je veux voir,

Je veux essayer de l'être,

Et savoir si quelqu'un pourra me reconnaître ? »

Là dessus, délaissant ses sœurs, avec fierté

Dans l'onde elle s'élance,

Et mollement se balance,

Au gré du lac par la brise agité.

Elle veut entr'ouvrir son aile

Pour que le vent puisse passer

Et doucement la pousser

Comme une blanche nacelle.

Mais les plumes, hélas ! se refusent à tout.

De plus en plus prétentieuse,

En une courbe gracieuse,

Elle s'efforce en vain de ramener son cou ;

Le cou, peu flexible,

Peu fait à ce genre nouveau,

A ses efforts reste insensible,

Se trouvant sans doute assez beau.

4

Un canard lui cria : « Cessez donc, pauvre folle,
Vous voulez imiter le cygne, vous aussi?
Ma foi, pour vos débuts, vous avez réussi!
        Vous comprenez bien votre rôle.
Allons, quittez ce lac : il n'est pas fait pour vous;
        Revenez dans votre mare ;
Quittez cet air guindé, cette allure bizarre;
Soyez donc naturelle et simple comme nous;
        Gardez surtout les mœurs de votre race.
A quoi bon vous parer des qualités d'autrui?
        Chaque oiseau n'a-t-il pas en lui
Ce qu'il faut pour charmer, la noblesse et la grâce. »

        Ne sortons pas des rangs
Où Dieu nous a placés : si l'on se met en tête
        De vouloir singer les grands,
        On devient ridicule et bête.

FABLE XIX

—

LE COQ ET LE CUISINIER.

Certain cuisinier
Engraissait dans son grenier
Un coq au brillant plumage.
Un matin, le prisonnier,
Brisant les barreaux de sa cage,
Sur les toits du voisin s'envola bruyamment,
Puis des toits sur les quais, des quais dans la rivière ;
Et là l'infortuné, perché sur une pierre,
Luttait contre le courant.
Fatalement il allait disparaître

Emporté par les flots,

Quand son maître,

Ecartant les badauds,

Près de lui descendit au moyen d'une échelle,

Et le sortit en le tirant par l'aile.

Pendant qu'il l'emportait,

Le coq criait, se débattait.

Le cuisinier lui dit : « Tu regrettes ton sort,

Malheureux, et tu viens d'échapper à la mort!...

— Tu veux que je te remercie,

Reprit le coq ? Cruel! tu me rends à la vie,

C'est vrai, mais je sais que demain

Je dois périr par ta main.... »

Jamais la mort n'abandonne sa proie.

Ne nous livrons point à la joie,

Si par hasard l'un de nous

Survit à ses coups :

C'est que plus tard elle veut nous reprendre

D'une autre façon.

Le coq avait raison :

Nous ne perdons rien pour attendre.

FABLE XX

—

LE LOUP ET LES CHIENS.

Dans une bande
De criards,
De braillards,
Le plus à redouter est celui qui commande
Et ne fait point de bruit.
Ecoutez plutôt ce qui suit :

Traqué cruellement par une meute entière,
Messire loup,
Au détour d'un sentier, s'arrêta tout à coup ;
Et s'adressant aux chiens qui venaient par derrière,
« Eh bien, voyons, pourquoi cette fureur ?
Oui, je fuis devant vous, mais ce n'est point par peur !

Que me voulez-vous donc, troupe insolente et bête ?
　　　　Je voudrais une seule fois
　　　Vous tenir tous, à minuit, dans ces bois,
　　　　Pour vous laver un peu la tête....
　　　　　Pauvres valets! je vous plains,
Je vous méprise aussi. Savez-vous qui je crains?
Ce n'est pas vous : je crains celui qui vous dirige;
　　　　C'est le chasseur qui m'oblige
A me sauver ainsi sans chercher à lutter.
Comment! tu ris, Brifaut? tu parais en douter?
Mais viens avec Taillaut, ton ami, ton compère,
　　　　　Si tu ne me crois pas,
　　　　Viens là, ce n'est qu'à deux pas,
Je m'en vais à tous deux vous régler votre affaire.
Allons, qu'attendez-vous? En garde, je suis prêt.... »
Soudain le son du cor au loin se fit entendre.
Adieu duel. Le loup fut forcé de reprendre
　　　　Sa course à travers la forêt.

LIVRE II

FABLE I

—

LE VAUTOUR, LA BUSE ET LE ROITELET.

L'aigle étant mort, les oiseaux s'assemblèrent
Et décidèrent,
Qu'il fallait, d'après la loi,
Le premier jour d'avril, nommer un nouveau roi :
Chaque ordre, par espèce,
Enverrait un représentant,
Et le vautour, régent plein de sagesse,
Choisirait le plus méritant.
Le congrès fut bruyant : chacun quittait sa place,
Entourait le régent, faisait valoir sa race.

Le paon, avec orgueil, exaltait sa beauté,
Le rossignol, son chant, le geai sa probité.
Le canard à son tour vantait son élégance,
            Le dindon sa clairvoyance,
            Le coucou son innocence.
« Enfin, dit le vautour, nous n'en finirons plus
Si chaque député célèbre ses vertus....
Seul, je dois signaler les talents vraiment rares,
Soin gênant s'il en fut, car je vois que beaucoup
Ont acquis depuis peu des qualités bizarres
        (Je ne dis point cela pour le coucou) ;
Mais je voudrais vous voir modestes, raisonnables,
        Calmes surtout et moins prétentieux ;
Mon rôle, croyez-moi, n'est pas des plus aimables,
        Vous achevez de le rendre ennuyeux.
Soyez justes : comment voulez-vous que j'applique
La loi sans me tromper ? Vous exagérez tous.
Et pourquoi ? Le temps presse : un peuple comme nous
Ne saurait vivre en paix sans un maître énergique.
        Eh bien, voyons, vous êtes des oiseaux,
            Vers des hauteurs inconnues,
            Elevez-vous, sans jeu de mots.
            Celui qui dans les nues

Montera le plus haut, sera proclamé roi.

C'est dans votre intérêt, Messieurs, écoutez-moi.

Ainsi je ne surprends, je ne trompe personne :

Dans un concours qui doit fixer la royauté,

Il faut de la franchise et de l'honnêteté.

Je veux voir, au grand jour, vos droits à la couronne.

    Nul n'osera se plaindre assurément :

Je reste dans l'esprit de nos vieilles coutumes. »

        En signe d'assentiment,

Les candidats trois fois agitèrent leurs plumes.

A ce moment critique, un jeune roitelet,

        Mince et fluet,

      Réfléchissait en silence

        Qu'il avait peu de chance

D'arriver par son vol à la toute-puissance.

Se tournant vers la buse : « Ah ! je suis bien léger,

Lui dit-il, bien petit ; vous pourriez sans danger

    Sur votre dos m'emporter dans l'espace :

        Je tiendrai peu de place.

Je n'ai vu jusqu'ici que la mousse et les vers ;

        Je veux aller dans les airs

Admirer les splendeurs de ces hauteurs sereines.

Vous serez, n'est-ce pas, mon guide et mon soutien ?

— De grand cœur, dit la buse ; allons, tenez-vous bien :
    Vous aurez peur dans ces immenses plaines. »
Au signal convenu, le hardi bataillon
Partit subitement comme un noir tourbillon.
Les candidats entre eux luttaient avec vaillance ;
Les uns se soutenaient, d'autres perdaient leurs rangs,
Mais, bientôt, la plupart des nobles concurrents
Descendirent, brisés, perdant toute espérance.
    Seule, la buse, après mille détours,
        Montait, montait toujours.
      Enfin, se voyant la première,
      Elle s'arrêta calme et fière.
       Le roitelet, aussitôt
      Entrant en scène avec audace,
        S'éleva d'une brasse
        Encore plus haut.
Il fut élu. Ses rivaux confirmèrent
      Ce choix, et, dans les bois,
        Sur le pavois,
Le lendemain ses sujets l'acclamèrent.

      Que de petits, que d'ignorants,
       Par la ruse et l'intrigue

Arrivent aux honneurs sans beaucoup de fatigue,
Portés sur les ailes des grands !
Vous les voyez, ces bons apôtres,
Profiter des efforts et du travail des autres ;
Ils viennent, humblement, prier, solliciter,
Vous émouvoir par de douces paroles :
S'ils se servent de vos épaules,
C'est pour un jour vous supplanter.

FABLE II

—

SUR L'UTILITÉ DU SÉNAT.

Un ami de Washington,
C'était, je crois, Jefferson,
Prétendait qu'en République
Une Chambre unique
Suffisait amplement
Aux besoins du gouvernement.
L'illustre président, convaincu du contraire,
A sa table invita le fougueux député,
Et, le repas fini, lui fit servir le thé
Un peu plus chaud qu'à l'ordinaire.

Notre convive aussitôt,
Remarquant ce défaut,
Dans sa soucoupe en verse une partie,
Souffle dessus, attend qu'elle soit refroidie.
« Tiens ! dit alors Washington,
Qu'avez-vous ? mon thé n'est pas bon ?
Vous le laissez ? Eh ! que voulez-vous faire
D'une soucoupe ? Est-ce bien nécessaire ?
— Mais oui, dit Jefferson surpris, certainement :
Vous me donnez du thé bouillant,
Comment voulez-vous que je fasse ?
— Il vous faut donc une seconde tasse ?
— Assurément, à moins de me brûler.
— Eh bien ! vous qui parlez d'établir, de régler
La marche du pouvoir d'une façon durable,
Ne voyez-vous pas qu'un Sénat,
Dans les rouages de l'Etat,
Remplit précisément ce rôle indispensable ?
C'est un modérateur :
Qui ne reçoit qu'avec lenteur,
Qui refroidit en quelque sorte
Les projets trop ardents que la Chambre lui porte.
Sans cela, nos lois
Nous brûleraient bien des fois. »

Jefferson, comprenant le rôle et l'importance
Du Sénat, se rendit et promit son concours.
    Un apologue, en cette circonstance,
        En fit plus qu'un long discours.

FABLE III

—

LES DEUX MOINEAUX.

Par les brises printanières
Un vieux moineau rajeuni
Amassait sous les gouttières
Des matériaux pour son nid.
On le voyait, alerte et plein de zèle,
Tout entier à ce doux soin,
Pétrir avec son bec le mortier et le foin.
« Oui, disait-il à sa belle,
Je veux vous construire un palais
Comme jamais
N'en aura vu de reine! »

5

La belle lui dit tendrement :

« Je comprends votre sentiment ;

Mais, pourquoi, cher ami, prenez-vous tant de peine?

Vous voulez me bâtir un palais à grands frais?

Je serai toujours bien partout où vous serez.

A quoi bon s'endormir dans cette douce ivresse ?

Songez-y : le printemps ne dure pas toujours,

Il s'en ira bientôt emportant nos amours,

Me rendra-t-il votre tendresse ?....

Qu'attendez-vous? Nous sommes en retard :

Déjà le rossignol se prépare au départ ;

Le pinson, qui logeait au fond de la charmille,

Sort maintenant suivi de sa grande famille.

Sans tous vos beaux projets nous en ferions autant...

Si nous prenions le nid d'antan?

Je sais bien que l'hiver, le vent et les orages

Ont exercé sur lui quelques petits ravages ;

Mais, c'est égal, il est tout préparé,

Et dans un ou deux jours vous l'aurez réparé.

Allons, vite au travail ; songez donc qu'à notre âge

Ce qui presse le plus est d'entrer en ménage. »

Et l'époux, obéissant

A ce conseil prudent,

Boucha, badigeonna, recrépit la demeure.

Tout fut prêt dans moins d'une heure.

Croyez-moi, chers amants,

Ne vous lancez jamais dans ces rêves charmants

Qui vous font sottement entrevoir la richesse

Comme l'unique but du bonheur ici-bas.

On désire ce qu'on n'a pas.

Seriez-vous plus heureux aux pieds d'une duchesse ?

Le Louvre rendrait-il votre bonheur plus grand ?

L'amour se moque bien du logis et du rang !

Laissez donc les palais, gardez votre chaumière :

On s'embrasse partout de la même manière.

Pourquoi vous attarder à des soins superflus ?

Quand vous voudrez aimer, vous ne le pourrez plus.

Si vous vous sentez pris par des ardeurs nouvelles,

Aux anciennes amours soyez toujours fidèles,

Restez unis.

Ne quittez pas vos anciens nids.

FABLE IV

—

LE FERMIER ET LE PASSANT.

Jean se plaignait du ciel, de la température:
« Ah! si j'étais maître un instant
De la pluie et du vent,
Vous verriez comme tout irait dans la nature!
— Tenez, lui dit un passant,
Je veux vous rendre heureux : emportez cette boîte.
Elle est petite, étroite,
C'est vrai, mais son pouvoir est grand.
Revenez à votre village,
Réunissez chez vous les gens du voisinage,

Demandez leur
Ce qui serait nécessaire
· En ce moment à la terre.
Que veulent-ils? Du vent, du froid, de la chaleur? .
Quand vous serez d'accord sur le temps qu'il doit faire,
Vous ouvrirez ma boîte, et vos souhaits
Seront à l'instant satisfaits.
Vous ne vous plaindrez plus après cela, j'espère? »
Le fermier part, court,
Arrive au bourg,
Assemble ses voisins, leur expose la chose :
« Que voulez-vous pour demain?
Voici ce que je propose,
Et si vous m'approuvez vous lèverez la main :
Je crois qu'il nous faudrait une petite averse
D'une heure au plus : les prés en ont besoin.
— Une averse ! dit l'un, et j'ai coupé mon foin !...
Demandez donc plutôt un bon vent qui disperse
Ces nuages obscurs.
— Vous êtes fou ! dit l'autre. Oh ! la demande étrange !
Du vent pour renverser les épis déjà mûrs !
Non. J'aime mieux avoir mes gerbes dans ma grange.
Vous songez à vos prés, moi, je songe à mon grain,

C'est mon droit. Il me faut un temps calme et serein.

Tant pis, si je vous dérange ! »

Pierre voulait du froid, Jacques voulait du chaud.

On se prit aux cheveux. Le fermier, tout penaud

De cette fin tumultueuse,

A l'inconnu tristement rapporta

La boîte malencontreuse,

Et ce dernier lui dit : « Comment, vous êtes là ?

Vous n'avez donc pu vous entendre ?

Je le savais : deux hommes réunis

Sont rarement du même avis

Quand il s'agit de défendre

Leurs intérêts. Consolez-vous.

Ne pensez plus à mon présent funeste.

Soignez vos champs, soignez vos choux,

Et Dieu se chargera de gouverner le reste. »

FABLE V

—

LES BREBIS ET LA CHÈVRE.

Dans une immense prairie,
Des brebis folâtraient, heureuses de la vie.
Elles célébraient en chœur
Leur éternel bonheur :
« Quelle félicité! Quelle douce existence!
Que nous devons d'amour et de reconnaissance
A notre cher gardien!
Oui, grâce à lui, nous ne manquons de rien,
Ombrages frais, clairs ruisseaux, herbe tendre,
Chaude paille la nuit et chiens pour nous défendre.

Pourquoi donc s'alarmer, accuser le destin,

Si plusieurs d'entre nous manquent chaque matin ?

C'est que, probablement, nous sommes trop nombreuses;

Le maître les conduit sur de riants coteaux,

    Plus spacieux et plus beaux,

    Les croyez-vous bien malheureuses ?

Certes non. Tôt ou tard il faut se réparer,

    C'est la loi de ce monde.

    O paix profonde !

    Puissiez-vous toujours durer ! »

    La chèvre entendit ces paroles.

    — « Taisez-vous, pauvres folles,

    Leur dit-elle tristement.

    Oh! quel aveuglement!

Et ne voyez-vous pas que celui qui vous garde

    N'est autre que le boucher!

    Pourquoi vous le cacher?

    Du coin de l'œil il vous regarde.

Avec un trait sanglant il marque de sa main

    Celle qui doit périr demain.

Et quand, au point du jour, elle quitte l'étable

Ce n'est point pour aller courir dans d'autres prés :

On la conduit, hélas ! dans un lieu redoutable

D'où l'on ne revient jamais.

Cessez de célébrer les charmes

De votre bonheur ici-bas;

Renoncez à vos jeux, à vos joyeux ébats :

La douleur règne ici. Versez, versez des larmes! »

De notre sort voilà bien le tableau.

Dans les gais sentiers de la vie,

Pleins de fleurs et d'harmonie,

La Mort conduit l'humain troupeau.

Sa faux lui sert de houlette.

Elle nous suit pas à pas et nous guette.

Insouciants, nous nous livrons

Près d'elle au plaisir, à la joie,

Et pendant que nous folâtrons

La cruelle choisit sa proie,

Choix terrible de chaque jour,

Qui s'arrête de préférence

Sur ceux qui nous comblaient d'orgueil et d'espérance,

Qui prend les malheureux et les grands tour à tour!...

Sa cruauté n'est jamais satisfaite.

Son unique plaisir est de troubler la fête.

Elle nous frappe à chaque instant,

Et pourtant,
Le lendemain, la danse
Recommence
Aussi folle qu'avant.

FABLE VI

—

LE CHAT DÉFENDANT SON GENDRE.

Un angora doux, souple, au poil soyeux,
A la fin fatigué des plaisirs et des belles,
Comprit qu'il était temps de quitter les ruelles
Et de chercher ailleurs un bonheur sérieux.
Il arrêta son choix sur la jeune Minette,
      Chatte fort sage et fort honnête ;
Mais un de ses amis, depuis peu marié,
L'avait près des mamans tellement décrié,
Que, craignant un refus, il supplia sa tante
De tâter le terrain et de dire aux parents
De ne point s'arrêter à d'absurdes cancans.

Contrairement à son attente,

Il fut reçu, fêté,

En un mot accepté.

Un vieux chat fort dévôt, qui passait pour ermite,

Sous la table probablement,

Trouva maître Minet, lui parla longuement :

« Vous prenez, lui dit-il, un joli garnement !....

Ignorez-vous ses mœurs et sa folle conduite ?

C'est un coureur de toits

Connu dans les greniers par ses galants exploits.

Croyez-vous, franchement, que son humeur volage

Puisse un jour se plier aux lois du mariage ?

Ce défaut ressortira

Plus tard, c'est presque sûr, quelqu'un en souffrira... »

Le beau-père reprit : « C'est une erreur profonde !

Ah ! je suis loin, mon cher, d'avoir un tel souci.

D'où sortez-vous, grand Dieu ! pour raisonner ainsi ?

Vous n'êtes plus de ce monde.

Comment ! vous venez me blâmer

De faire entrer Raton dans ma famille ?

Et vous lui reprochez, quoi, s'il vous plaît ? D'aimer

Les chattes ? Eh ! tant mieux ! Il aimera ma fille !....

N'est-ce pas son devoir ?

Vous trouvez étonnant qu'un jeune chat s'amuse ?
Mais ce n'est pas un mal, à moins qu'il n'en abuse :
   Doit-il donc ne rien savoir ?
Certes, je n'entends point en faire un Lovelace,
Mais enfin puisqu'il faut que jeunesse se passe,
J'aime autant que ce soit avant l'hymen qu'après,
Car personne du moins n'en supporte les frais.
Quand un chat a connu par ses propres faiblesses
Ce que valent au fond tous ces cœurs de drôlesses,
   Quel soulagement !
Mon Dieu ! quand il se sent aimé fidèlement
   Par une épouse chaste et tendre !...
   Qui, mieux que lui, peut comprendre
D'un véritable amour l'inestimable prix ?....
Ces gens qui vous font peur font les meilleurs maris. »

Lequel de nos deux chats est dans le vrai ? Je n'ose
   Donner mon avis sur la chose.
J'approuve le premier ; je comprends le second,
   L'un et l'autre ont un peu raison.

FABLE VII

—

LE FRELON ET L'ABEILLE.

De ruche en ruche un vigoureux frelon
S'en allait bourdonnant et demandant l'aumône.
Une abeille lui dit : « Mais je serais bien bonne
De me priver pour vous ! l'hiver peut être long.
    Non, mon ami, quand on a votre taille
        Et votre âge, on travaille.
      — Ah ! dit le frelon, mes malheurs
Ont brisé ma santé ; je n'ai plus le courage,
La force ni le goût de voler sur les fleurs.

J'ai tout perdu dans une nuit d'orage :
Le vent a dispersé mes nombreux compagnons,
    Et la foudre a brûlé le chêne
Où j'avais déposé ma cire et mes rayons.
Encor si je savais où se trouve ma reine.
      — Ce n'est pas une raison,
    Vous pouvez, seul, dans la prairie
      Trouver aisément votre vie.
Tenez, si vous voulez, restez à la maison :
Vous nous rendrez toujours quelques petits services.
      — Moi, vous aider ! juste ciel !
Je ne saurais jamais préparer votre miel,
Disposer ce nectar en charmants édifices !...
      — Eh bien, si vous désespérez
D'apprendre de notre art les merveilleux secrets,
Nous vous occuperons ailleurs, peu nous importe :
    Chaque matin vous irez au ruisseau
        Cherchez l'eau,
    Vous balaierez le devant de la porte ;
      Aux crapauds, aux fourmis,
      Nos mortels ennemis,
      Vous donnerez la chasse. »
Le frelon accepta d'assez mauvaise grâce.

Le lendemain,
Il prit son bâton, sa besace,
Et continua son chemin.

La misère souvent provient de la paresse.
De robustes gaillards aiment mieux mendier
Que travailler.
Pour les gens de cette espèce
La pauvreté n'est qu'un métier.

FABLE VIII

—

L'ÉCUREUIL ET LE CHAT.

Un écureuil se piquait de noblesse.
Il parlait sans cesse
Du renard qu'il traitait, paraît-il, de cousin.
« Diable ! dit un chat, son voisin,
Je croyais que votre origine
S'arrêtait à la fouine.
C'était déjà fort beau. Par quel côté
Vous vient donc cette parenté ?
— Par ma grand'mère
Qui me racontait que son père

6

Avait pour belle-sœur la mère du renard.

C'est bien près, vous voyez ; la ressemblance au reste

Est là : je suis aussi vif, aussi leste,

J'ai la même démarche et le même regard ;

Et la queue et le poil ? regardez la nuance,

La forme, y trouvez-vous la moindre différence ?

Ah ! je descends bien de lui !

Mes mœurs viennent à l'appui :

N'aimons-nous pas tous deux la solitude,

Les trous ? nous varions cependant sur les mets,

Moi j'adore les noix, lui n'en mange jamais :

Il préfère les poulets,

C'est une affaire d'habitude.

— Le rat aussi prétend

Tenir à vous par les liens du sang.

Est-ce vrai ? — Ma foi non. Le pauvre homme s'abuse ;

Il va partout le raconter.

Il paraît y tenir, pourquoi le tourmenter :

Cette douce manie en revanche m'amuse. »

On se dit toujours parent

D'un grand ;

Si, par hasard, quelqu'un le nie,

On a tout sous la main, preuves, papiers nombreux.
Mais on oublie
Vite sa généalogie
Quand il s'agit d'un cousin malheureux.

FABLE IX

—

LE CERF, L'ANE ET LE BŒUF.

L'âne un jour dit au cerf : « Mon cher ami, je trouve
Qu'on exagère un peu votre rapidité.
Vous nous surpassez tous par la légèreté,
      Dit-on, mais rien ne me le prouve;
      Je voudrais m'en assurer ;
Car moi je cours aussi ! Voulez-vous me permettre
      Avec vous de me mesurer ?
Quel honneur si j'étais vaincu par un tel maître !
      — Oh ! reprit le cerf, de grand cœur ;

Vous serez peut-être vainqueur.
Qui sait ? tenez, voici le bœuf, je me rapporte
          A ce qu'il décidera.
Pour arbitre, d'ailleurs, prenez qui vous plaira,
La chèvre, le mouton, le cheval, peu m'importe :
          Je suis connu. »
          Le bœuf place les adversaires,
          Règle les préliminaires ;
     Les deux rivaux, au signal convenu,
Partent en même temps. Le cerf bondit, dépasse
     Son concurrent au moins de mille pas.
          Le bœuf, dont la vue était basse,
Les voyait galoper mais ne distinguait pas
Le premier du dernier. Certain de sa victoire,
Le cerf s'abandonnait à ses rêves de gloire.
Il revint triomphant : « Ah! dit-il, cette fois
Vous allez prononcer ? — Oui, dit le bœuf, je crois,
          En mon âme et conscience,
               Que la différence
          N'est pas grande entre l'âne et vous.
D'après moi, vous courez aussi bien l'un que l'autre ;
          Son talent égale le vôtre.
Je vous mets ex-œquo, ne soyez point jaloux.

Vous vous plaignez que vos ouvrages
Sont placés au même rang
Que ceux de tel ou tel écrivain sans talent ?
Tant pis pour vous ! pourquoi briguez-vous les suffrages
D'un public ignorant ?

FABLE X

—

LE LOUP ET LA BERGÈRE.

Une gentille bergère
Faisait si bonne garde autour de son troupeau
Qu'aucun loup n'avait pu la trouver en défaut.
Le mangeur de moutons était fort en colère.
Voici comment il se vengea :
De grand matin, il arrangea,
Sur les haies,
Des pastilles et des bonbons,
A la place des fleurs, des mûres et des baies.
Et puis il suspendit aux branches des buissons
D'élégantes bouteilles,

Pleines de fruits confits et de liqueurs vermeilles.

Plus loin, sur les coteaux,

Les pierres furent changées

En délicieuses dragées,

En pains de sucre, en immenses gâteaux.

Il avait du talent pour les métamorphoses,

Notre loup, n'est-ce pas qu'il faisait bien les choses?

Se croyant au paradis,

Notre pauvre bergère,

Insouciante et légère,

Pensait plus aux bonbons qu'à ses chères brebis.

Elle voulut goûter à la liqueur traîtresse,

Et s'endormit bientôt dans une douce ivresse.

Aussitôt le loup vint, furieux, vous pensez

De quelle terrible manière,

Avec sa dent meurtrière,

Il se vengea de ses jeûnes forcés.

Je ne vous peindrais point cette scène cruelle

De carnage et d'horreurs :

Je vois dejà, mademoiselle,

Que vos beaux yeux sont inondés de pleurs.

Avec des sucreries,

Je veux dire des flatteries,

Vous voyez, ma chère enfant,
Comment le loup s'y prend
Pour endormir la bergère,
Quand il veut assouvir son instinct sanguinaire.

FABLE XI

—

LE RAT DES CHAMPS ET LA FOURMI

Le rat trouva dans un sentier
La fourmi trainant à grand'peine
            Une lourde graine.
« Ah ! lui dit-il, que ce métier
De manœuvre, de charretier
Convient bien à votre taille !...
Quels muscles ! mettre un jour entier
Pour soulever un brin de paille !...
Je suis sûr que vos magasins
            Ne sont pas encore pleins ?...

Eh bien, moi, ma récolte est faite :
Au grenier je prends sur le tas,
    Mon trou n'est qu'à deux pas,
En deux nuits j'ai fait mon emplette.
Mais venez donc prendre chez moi
Ce qu'il vous faut, chère voisine :
L'hiver s'annonce mal, ma foi,
Prenez garde à la famine.
— Vos offres ne me tentent pas,
Dit la fourmi; non, je préfère
    Souffrir la faim, la misère,
Plutôt que de toucher aux plats
Que me fournirait votre table.
Mais c'est une action coupable
        D'acquérir des biens
        Par de semblables moyens !...
    C'est vrai, j'amasse sans cesse
        A la sueur de mon front,
        Mais au moins ma richesse
        Ne me fait point affront!
        Aussi l'homme me traite
Comme une amie ; avec raison,
        De pièges, de poison,

Il n'entoure pas ma retraite.

Si vous riez de mon métier,

Moi je gémis sur le vôtre ;

Méfiez-vous, un jour ou l'autre,

Quelqu'un pourrait bien vous châtier.

  Partout on méprise

  Les trésors d'un voleur :

Une fortune mal acquise

  Porte toujours malheur.

FABLE XII

—

LE PAON ET LE CANARD.

Un jeune paon, à la taille élancée,
Heureux et fier de son premier amour,
Faisait assidûment la cour
A sa charmante fiancée.
Tantôt, sous les baisers d'un soleil radieux,
Il étalait l'écrin de son riche plumage,
Tantôt il l'agaçait par un doux badinage,
En lui portant du grain, des mets délicieux.
Qu'il employait d'adresse et de galanterie,
Pour provoquer en elle un tendre sentiment !

Comme il savait user de flatterie
    Pour avoir son consentement !
« Voilà, dit un canard, un drôle de manège !
    A quoi bon cet éventail ?
Et ces cris langoureux ? Pourquoi tant de travail ?
Moi, je suis bien moins long, voyez comme j'abrège :
    Je salue, et tout est dit. »
    Le paon lui répondit :
« Pratiquez, cher ami, l'amour à votre guise ;
Jusque-là, rien de mieux ; mais c'est une sottise
De vouloir sur ce point me faire la leçon :
Chacun a bien le droit d'aimer à sa façon.
    Si vous blâmez ma courtoisie,
    Mon naturel galant,
C'est par dépit, sans doute, ou bien par jalousie.
    On essaye d'en faire autant.
    Mais partez donc si je vous gêne. »

    A mon tour,
Je connais bien des gens qui seraient fort en peine
    S'il leur fallait faire la cour...
Ce n'est plus à la mode, et cependant nos pères
Cultivaient avec soin ces doux préliminaires.

Ils prenaient le plaisir et le temps de s'aimer,
De se voir, de s'estimer.
Aujourd'hui nous allons plus vite :
Chez la belle à dîner un jour on vous invite ;
On la voit une fois, deux fois, cela suffit,
On se salue, et tout est dit.

FABLE XIII

—

LE NÈGRE QUI VEUT DEVENIR BLANC.

Sur un monceau de neige, un nègre se roulait,
　　　Se débarbouillait, se frottait,
Mais sa peau conservait toujours son teint d'ébène
Un passant lui cria : « Vous prenez de la peine
　　　　Sans beaucoup de succès !
　　　　Voyons, de grâce, cessez,
　　　Cessez ce vilain manège :
　　Ne voyez-vous pas, malheureux,
Qu'au lieu de vous blanchir, vous noircissez la neige ?...
　　Vous faites un métier honteux. »

Que l'on voit de ces bons apôtres
Qui veulent se laver aux dépens du prochain !
Rien ne peut les changer. Ils travaillent en vain,
. Et de plus salissent les autres.

FABLE XIV

—

LE RENARD ET LE FERMIER.

Un renard écloppé, sourd, manquant de souplesse,
      Mais non de scélératesse,
    Ne pouvait plus exercer son métier.
      Il vint trouver le fermier :
« C'est absurde, dit-il, de se faire la guerre :
      Tous les deux nous n'y gagnons guère ;
Vous perdez vos poulets, moi j'attrape des coups ;
      Voyons, embrassons-nous,
Terminons ces conflits par une paix sincère.
Vos chapons désormais et vos canards pourront,

A toute heure du jour, courir dans la prairie :
Je n'attaquerai plus les volailles en vie,
Je prendrai simplement celles qui crèveront.
Je suis vieux maintenant, ma faim n'est plus si vive ;
    Mais, c'est égal, n'ayant plus de métier,
       Vous êtes le premier
A comprendre qu'il faut néanmoins que je vive. »
      Le villageois, très content,
Au fond, de transiger avec un tel brigand,
Se hâta de signer, par-devant un notaire,
Un contrat qui réglait les détails de l'affaire ;
      Mais hélas ! les décès
    Un jour chez les poules cessèrent,
    Et les malades y passèrent.
Le fermier se fâcha, menaça d'un procès.
Le drôle lui disait : « Pourquoi toutes ces plaintes ?
     Je respecte notre écrit,
Non pas, si vous voulez, la lettre, mais l'esprit :
Les poules, en effet, mortellement atteintes,
     Sont bien près de la mort ;
   Un jour de plus peut-il changer leur sort ?
J'abrège leurs douleurs. En quoi suis-je blâmable ?
    Et vous, qu'y perdez-vous ? rien. »

Les chapons qui se portaient bien
Se trouvaient, d'après lui, pris d'un mal incurable.
Il les réclamait aussi.
On pouvait aller loin en raisonnant ainsi.
Les juges, en première instance,
Furent loin d'approuver cette jurisprudence.
Le renard fit appel, et, pendant les délais,
Il eut soin de croquer canards, dindons, poulets.

Avec les scélérats on ne peut se défendre :
Ils ont toujours raison, et savent à leur gré
Eluder ou bien étendre
Les clauses d'un traité.
Gagneriez-vous votre cause
Devant toutes les cours,
Ces résultats heureux ne font rien à la chose :
Vous y perdrez toujours.

FABLE XV

—

LE CERF ET LE TAUREAU.

Dans un gras pâturage,
Le cerf un jour paissait à côté du taureau.
« Frère, dit ce dernier, je sais que le courage
Jamais ne vous a fait défaut.
Eh bien, si le lion vient encor nous surprendre,
Acceptons le combat :
Nous sommes en état
De lutter tous les deux et de bien nous défendre.
Quelle gloire ! quel honneur !
D'arrêter d'un seul coup ces sottes calomnies
Qui nous ont fait passer pour des gens sans valeur !

Quatre cornes réunies!...
Comment voulez-vous résister?
Mais nous pourrions dompter
Tous les monstres à la ronde !
Avec de tels leviers,
Si vous m'aidiez,
Je voudrais essayer de soulever le monde.
Ah ! si j'avais un point d'appui !... »
Le cerf alors leva sa tête magnifique,
Et dit d'un ton mélancolique,
En jetant un regard prudent autour de lui :
« Vous prétendez qu'il nous serait possible
D'attaquer le lion et de le terrasser ?
Vous ne savez donc pas qu'il faudrait commencer
Par engager une lutte terrible,
Féconde en incidents,
Je veux dire en accidents,
Et j'en prévois hélas ! le dénoûment tragique.
Notre ennemi commun est encor loin d'ici,
Mais, quand il sera là, parlerez-vous ainsi?
Me tiendrez-vous toujours ce langage énergique ?
Je sais que, dans un cas pareil, certain chasseur
Eut peur.

Attaquer un lion avec de simples cornes !
Mais j'appelle cela de la témérité,
Pour ne pas me servir du mot absurdité.
Il faut à votre ardeur mettre de justes bornes :
        Oui, mon ami, contentons-nous
De résister aux chiens, de combattre des loups.
        C'est assez. Adieu. Je vous laisse.
J'aime mieux franchement avouer ma faiblesse
Que d'annoncer beaucoup et de ne rien tenir.
Il me semble déjà que je l'entends rugir.

FABLE XVI

—

LA FEUILLE ET LE ZÉPHIR.

On avait vu la première hirondelle.
    Le printemps était ouvert.
    Mais une feuille rebelle
Refusait de quitter son arbre déjà vert.
Un bourgeon lui disait : « Allez-vous en, de grâce,
J'étouffe, votre poids me gêne et m'embarrasse. »
Rien n'y faisait. « Vos sœurs s'en vont, il faut partir,
    Lui répétait à son tour le zéphir :
La Terre maintenant a reçu sa parure,
Ses corbeilles de fleurs, sa robe de verdure ;

Le Soleil, son époux, arrive chaque jour,

Dans un nuage d'or, pour lui faire sa cour ;

Le rossignol et les fauvettes

Chantent dans les bosquets le programme des fêtes.

C'est dimanche prochain le bal des pâquerettes.

Déjà les papillons, en habit de gala,

Vont partout inviter les fleurs pour ce jour-là.

Les costumes sont prêts : J'ai vu la violette

Essayant sa toilette

Au bord de l'eau.

Vous voyez bien que votre couleur sombre

Jette une ombre

Sur ce riant tableau ?

Vous êtes triste, et cela vous étonne ?

Hélas ! vos beaux jours sont finis...

N'avez-vous point tout vu, les fleurs, les fruits, les nids,

Les baisers du printemps, les présents de l'automne,

Jusqu'aux rigueurs de l'hiver ?...

Les vents et la grêle

N'ont-ils pas ruiné votre santé si frêle ?...

N'avez-vous point assez souffert ?...

Qu'attendez-vous ? un autre orage ?...

Les plaisirs maintenant ne sont plus de votre âge :

A d'autres laissez l'amour.

Celle qui doit vous remplacer se lasse

D'attendre ainsi, faites-lui place :

Ici-bas, chacun son tour. »

Une légère brise,

A ces mots,

Effleura les rameaux,

Et la feuille surprise,

Se troubla,

Chancela,

Puis, doucement, loin du monde,

Dans une immense ronde,

Avec les autres s'envola.

FABLE XVII

—

LA CHÈVRE ET LE BŒUF.

La chèvre avait deux voisins
Fort différents de caractère :
L'un, le renard, était le pire des coquins,
Le mouton, au contraire,
Etait doux, bienveillant et même débonnaire.
La chèvre avait pour le renard
Toutes sortes de soins, d'égards, de complaisances,
Je peux dire de prévenances :
Chaque matin, à son départ,
Elle gardait sa clef, surveillait son ménage,

Lui portait des œufs frais, du beurre, du fromage.

    Mais le mouton était moins bien traité :

    Bonjour, bonsoir, les compliments d'usage,

Quand on se rencontrait, par hasard, au pacage.

    C'était tout. Point d'intimité.

Ils faillirent se battre à propos d'une borne,

    Et même la chèvre osa

    Le menacer d'un coup de corne.

Heureusement le juge était encore là,

    Et le greffier s'interposa.

    Un jour le bœuf lui dit : « Ma chère, écoute,

Pourquoi fréquentes-tu ce drôle ? Franchement

Explique-moi d'où vient ce grand attachement ?

Tu sais bien ce que c'est, un mauvais garnement ?

Si ton honnêteté (dont personne ne doute)

    Ne te mettait à l'abri d'un soupçon,

    On pourrait, avec raison,

Supposer là-dessous quelque chose de louche :

Quand on se fait l'ami d'un gueux ou d'un voleur,

C'est qu'on est, forcément, complice ou receleur.

L'âne le dit partout ; va lui fermer la bouche.

    Et ce pauvre mouton,

    Si vertueux, si bon,

Tu le tiens à l'écart et tu le bats, dit-on ?...
Enfin explique-moi cette conduite étrange.
Tu le comprends toi-même, il faut que cela change
Dès aujourd'hui, c'est honteux. »
La chèvre dit : « C'est vrai, le renard est un gueux.
Mais, un moment, mettez-vous à ma place,
Comment voulez-vous que je fasse ?
Vous le savez, il est grossier, brutal,
Et capable de tout quand il est en colère,
Voilà pourquoi je préfère
Etre bien avec lui plutôt que d'être mal.
Voulez-vous que je le rebute
Que je sois chaque jour en procès, en dispute ?
Je l'oblige, c'est vrai, je lui porte du lait,
Ne me ferait-il pas souffrir, s'il le voulait ?
Puis-je opposer mon front à sa dent meurtrière ?
Lui faudrait-il longtemps pour brûler ma chaumière ?
Je le ménage, et c'est prudent :
Il pourrait m'y contraindre.
Quant au mouton, c'est différent ;
De lui je n'ai rien à craindre :
Je connais son honnêteté.
Il est inoffensif, et je m'en moque, en somme.

Souvent, c'est triste à dire, on laisse de côté

   L'honnête homme

 Qu'on ne craint pas ; on respecte un voleur

   Dont on a peur.

FABLE XVIII

—

LE PÉLICAN ET LE VAUTOUR.

Un jour le pélican
Pour ses petits se déchirait le flanc.
Un vautour qui le vit, lui dit : « Comment ! les brumes,
La neige, les frimas,
S'avancent à grands pas,
Et vous quittez vos plumes !...
Vous les quittez pour des enfants
Déjà grands !
Quelle sotte manie !
Comme vous, l'an dernier, j'eus l'étrange folie

De leur donner mon bien.

Ils me disaient : « Père, ne craignez rien,

» Nous aurons soin de vous quand soufflera la bise ;

» Tout sera préparé :

» Nous vous achèterons un grand manteau fourré,

» Rouge ou blanc, à votre guise. »

Quand l'hiver fut venu, j'eus beau les appeler,

Je ne vis rien venir. Que faire sans plumage ?

On craint le froid à notre âge.

Je me mis dans un trou. Je faillis me geler.

Oh ! que l'on aime

Ses enfants d'un amour extrême,

C'est un besoin du cœur, que j'éprouve à mon tour,

Quoique vautour ;

Que l'on fasse pour eux les plus grands sacrifices,

Jusqu'à les contenter dans leurs petits caprices,

Je vous l'accorde encore, mais

Se dépouiller... jamais ! »

FABLE XIX

—

LE HIBOU A LA RECHERCHE D'UNE ÉPOUSE.

Vers la fin du printemps,
Un hibou, déjà sur l'âge,
Après avoir hésité bien longtemps,
Résolut de tenter un nouveau mariage.
Il hésitait, c'est vrai, mais il faut dire aussi
Qu'il avait jusqu'ici
Bien mal réussi...
Pendant de longues nuits, il courut la campagne,
Visitant arbres creux, églises, vieilles tours,
Sans pouvoir nulle part découvrir la compagne

8

Capable, d'après lui, de charmer ses vieux jours :

Il s'était mis en tête

D'épouser une chouette

Dont le bec ne fut point crochu !

Ce cas, chez ces oiseaux, ne s'était jamais vu.

« Eh ! qu'allez-vous chercher ? lui répétait son père,

Attachez-vous au caractère,

Mon pauvre ami : c'est là le seul moyen

D'avoir la paix, le bonheur dans l'hymen.

Ce n'est point dans le bec que se trouvent ces choses.

Vous savez ce qu'on dit sur la beauté des roses ?

Dans l'espace d'un jour leur éclat est passé.

Si le temps ravit tout dans son souffle glacé,

Il respecte toujours les qualités de l'âme,

Et celles-là du moins, quand le reste n'est plus,

Nous font vite oublier les charmes disparus.

Vous croyez donc voir votre flamme

Vivre éternellement ?... Oh ! non, détrompez-vous :

Chez les époux,

Les premiers feux calmés, l'amour ne dure guère,

Il s'en va lentement et bientôt dégénère

En une douce amitié.

Que vous restera-t-il, si, chez votre moitié,

Vous ne rencontrez point quelque vertu solide
            Pour remplacer ce grand vide
            Que fait l'amour en partant ?...
            Pensez-y, mon cher enfant. »
        Le hibou changea de système.
    Il profita du conseil : le soir même,
            Il arrêta son choix,
            Et fut heureux cette fois.

FABLE XX

—

LE VOLEUR.

Des passants poursuivaient un voleur dans la rue.
Le filou, profitant d'un grand encombrement,
Par un brusque détour s'esquiva prestement,
    Et vint se joindre à la foule accourue.
« Arrêtez, criait-il, arrêtez le voleur !
Le coquin a passé par ici... quel malheur !
Nous le perdrons !... il s'est caché dans la ruelle,
    Venez... » On fut surpris de tant de zèle.
Un gardien de la paix qui passait par hasard,
Attiré par le bruit, reconnut notre drôle ;

Il lui frappa sur l'épaule
Et l'emmena régler ses comptes en retard.

Depuis ce jour, je me méfie
De celui qui crie
Avec tant d'ardeur :
Haro sur cet escroc ! haro sur ce voleur !
Je vois dans sa vertu quelque chose de louche :
Aucun repentir ne le touche.
Il n'a que le seul mot de vengeance à la bouche.
On n'agit pas ainsi : les braves gens
Sont toujours indulgents.

FABLE XXI

—

LE LOUP ET L'AGNEAU.

Un loup avait emporté
Un agneau dans son repaire,
Et là, tranquille, en sûreté,
Songeant au bon repas qu'il allait faire;
Il le léchait, l'embrassait,
Le tournait, le caressait
Doucement avec sa patte.
L'agneau poussait toujours des bêlements plaintifs.
« Qu'as-tu, dit le glouton, qu'as-tu donc, bête ingrate?
Tu gémis? et pour quels motifs ?

Que t'ai-je fait ? veux-tu te taire.

Comment, je veux te lêcher,

Te serrer tendrement, rien ne peut te toucher?

Faut-il t'égorger pour te plaire ?...

— Achevez-moi, de grâce, oui, je veux bien mourir,

Reprit l'agneau, pourquoi me faites-vous souffrir ?

Je sais bien ce que signifie

Le baiser d'un loup :

C'est mon dernier coup.

Achevez-moi, je vous donne ma vie. »

Beaucoup de gens

Vous accablent de tendresses,

Mais après les caresses

Vous déchirent à belles dents.

LIVRE III

FABLE I

LE LINOT ET LE CORBEAU.

Un linot, étourdi, volage,
Se trouva tout à coup lassé du mariage
      Après un mois.
Hélas ! ces accidents arrivent bien des fois !...
    Dès l'aube, il prenait sa volée
Vers des bois inconnus où des hôtes charmants
L'attendaient pour fêter l'amour et le printemps.
     Et son épouse désolée,
    Seule, rêveuse, tout en pleurs,

Aux échos d'alentour racontait ses malheurs.

Les oiseaux du voisinage,

Suivant l'usage,

Consolèrent bientôt ce précoce veuvage :

Ils chantaient, ils sifflaient, ils lui parlaient d'amour...

Le linot, à son tour,

Sans doute tolérait ces perfides avances

Pour qu'on lui pardonnât ses petites absences.

Mais badiner avec le feu,

C'est un terrible jeu :

Il en brûle plus d'un, il en brûle plus d'une.

Un soir, par un beau clair de lune,

Sous l'aile d'un ramier la belle s'envola...

Le mari, de retour, bien des fois l'appela.

Il ne vit rien venir. Il courut, plein de rage,

Annoncer au corbeau cet odieux outrage.

« Conseillez-moi, dit-il, sortez-moi de ce pas.

Comment dois-je venger cette offense cruelle ?

Me trahir à ce point !... j'étais si bon pour elle !...

C'est une folle, n'est-ce pas ?...

Il faut, pour la vexer, que je me remarie.

Mais... je serai bigame et puni par la loi !...

Si je la dénonçais à la gendarmerie ?

Qu'en pensez-vous ? j'aurai même le droit
D'exiger que, devant une telle incartade,
On la ramène ici de brigade en brigade. »
Le corbeau, gravement, lui dit : « Non, calmez-vous,
      Rien n'explique un tel courroux.
Je suis votre parent et ne veux point vous taire
      Mon sentiment sur cette grave affaire :
Les torts, mon pauvre ami, sont de votre côté.
Vous parlez d'abandon, vous l'avez mérité :
Comment, publiquement, le pivert vous marie
Après vous avoir lu le code, à haute voix,
      Et vous croyez qu'au bout d'un mois,
Les premiers feux passés, votre tâche est finie ?...
Que vous avez le droit de tout abandonner
Et d'aller, nuit et jour, au loin papillonner ?
Votre place est chez vous, près de votre compagne :
J'aime peu les maris qui courent la campagne.
Qu'allez-vous faire, enfin, dans ces épais buissons,
      Avec les grives, les pinsons,
      Avec ces polissons de merles ?...
Ce n'est point, à coup sûr, pour enfiler des perles.
Pourquoi fréquentez-vous de semblables amis ?
Les fugues, les plaisirs, les bals vous sont permis...

Si je disais encor ce que le geai raconte !
Et vous n'excusez rien ? Ce n'est pas généreux.
        Vous êtes vraiment trop heureux
            D'en sortir à si bon compte.
L'hymen a des devoirs qu'il faut savoir remplir ;
Avec beaucoup de tact on doit les accomplir :
Il faut, d'abord, guider, diriger son épouse,
Eviter (si l'on peut) de la rendre jalouse.
L'amour, comme le feu, veut être entretenu,
            C'est un précepte bien connu.
            Et puis, quelle imprudence !
        Vous souffrez, en votre présence,
Que des chardonnerets, de petits étourdis,
Viennent à vos dépens charmer votre ménage ?...
D'une jeune linotte est-ce là l'entourage ?...
Vous l'approuvez. Ces gens se trouvent enhardis.
Et vous vous étonnez de ce qui vous arrive ?
            Vous parlez de trahison,
                De peines, de prison,
Vous voulez, qui plus est, que le parquet poursuive ?
            Mais vos légèretés
Excusent à mes yeux ces infidélités.
De grâce, à vos projets n'allez pas donner suite :

Si par hasard le tribunal
Jugeait dans un procès votre sotte conduite,
Peut-être vous pourriez vous en trouver très mal. »

Méditez ces paroles sages,
Messieurs, je n'ajouterai rien ;
Vous me comprenez bien?
Profitez-en, maris volages.

FABLE II

—

LES DEUX CANARDS.

Deux canards suivaient un torrent,
Fiers de montrer leur courage,
Et de lutter, malgré l'orage,
Contre la force du courant.
« Reposons-nous, de grâce, ou je vous quitte,
Dit l'un d'eux, c'est assez, j'ai vu suffisamment.
Ces jeux ne sont bons qu'un moment.
Vous voyez bien que nous allons trop vite ?...
Je croyais qu'en un pré nous nous arrêterions,

Pas du tout. Le flot nous emporte,
L'eau devient de plus en plus forte;
Avec un train pareil, qui sait où nous irions? »
L'autre lui dit : « Vous êtes ridicule.
Où voulez-vous aller? Vous parlez de danger?
Que craignez-vous? Vous savez bien nager?
Quand on est en chemin, est-ce ainsi qu'on recule?...
Qu'avons-nous vu? Peu de chose, un moulin.
Le plus beau n'est qu'à la fin.
Nous allons traverser de magnifiques villes,
D'immenses lacs et des forêts de joncs.
Que de choses nous apprendrons!
Nous reviendrons savants, navigateurs habiles,
Peut-être après avoir découvert d'autres îles!
Ah! vous regretterez, mon cher,
De n'avoir pas voulu continuer l'épreuve.
Adieu. » Le malheureux arriva dans un fleuve,
Et le fleuve bientôt l'entraîna vers la mer.
Son compagnon côtoya le rivage,
En voyageur prudent,
Atteignit un rocher, mit ordre à son plumage,
Et, sans autre accident,
Le soir il rentrait au village.

9

Heureux ceux qui, dans les entraînements
Des passions ou de la politique,
Savent s'arrêter à temps,
Prévoyant quelque fin tragique!

FABLE III

—

LES MERLES ET LE SORBIER.

Le deuil était partout. L'hiver
De son manteau de givre avait couvert les haies.
Le sorbier déposa sa couronne de baies
Et quitta son feuillage vert.
Il aurait bien voulu conserver sa parure
Jusqu'au printemps; mais pourquoi réclamer ?
Cette loi s'appliquait à toute la nature,
Et les plus humbles fleurs devaient s'y conformer.
Il fallait obéir : l'Aquilon, en personne,
Présidait chaque jour au départ de l'automne ;

Du reste, les frimas
N'attendent pas.
Dès qu'ils apprirent l'aventure,
Les merles, de grand matin,
Accoururent à l'ouverture
Du copieux festin.
Il fut le bien venu, car déjà la famine
Se faisait sentir dans les bois :
Les oiseaux traînaient l'aile et faisaient triste mine.
Ils avaient jeûné bien des fois.
Oubliant les rigueurs de cet hiver précoce,
Nos gaillards se grisaient, chantaient, jouaient entre eux,
Sans seulement lever les yeux
Vers celui qui payait tous les frais de la noce.
« Oh ! les ingrats ! dit le sorbier,
Encore aucun de vous n'a daigné m'envoyer
Un regard de reconnaissance !
Soyez bon, donnez votre bien,
Ecoutez votre cœur, voilà la récompense !... »
On lui cria : « Nous ne vous devons rien.
C'est la bise
Qui nous a fait la surprise.
Sans elle, jamais

Nous n'aurions goûté vos mets.

Vous rappelez-vous, cet automne,

Nous vinmes, pressés par la faim,

Vous demander vos fruits ? Hélas ! ce fut en vain :

« Attendez, disiez-vous, que le froid vous les donne,

» Je vous défends d'y toucher.

» Je vous surveillerai. Du reste, mes épines

» Sauront sans moi prévenir vos rapines. »

Et maintenant vous venez vous fâcher,

Vous venez nous reprocher

Notre manque d'égard et notre ingratitude ?

Ah ! de grâce, perdez cette sotte habitude

Que vous avez d'aller nous chanter tous les ans :

« Merles, soyez reconnaissants,

» Je vous sauve de la misère ! »

Quel mérite avez-vous de nous donner vos fruits

A ce moment précis

Où vous ne pouvez rien en faire ? »

Le sorbier, furieux, voulut encor parler,

Mais tout le monde en bas se mit à le siffler.

Comme moralité que me faudra-t-il mettre ?

Je dirai : que celui qui donne à contre-cœur

    Dans le sorbier veuille se reconnaître,

Et ne plus réclamer le nom de bienfaiteur.

FABLE IV

—

L'ÉCUREUIL ET LE CHAT.

Un écureuil vif, pétulant,
Faisait tourner avec rage
Un petit tourniquet établi dans sa cage.
Tout en trottant,
Il gourmandait un chat, qui passait sa journée
Couché nonchàlamment près de la cheminée :
« N'est-il pas honteux,
Lui disait-il, d'être ainsi paresseux ?
Voyez le mal que je me donne !
Dès que minuit sonne,

Je suis à mon métier.

Ce n'est pas le besoin qui me fait travailler :

Je ne manque de rien, j'ai des noix, de l'eau claire ;

Mon maître me nourrit uniquement pour plaire.

Vous, c'est bien différent, vous dormez tout un jour,

Je me trompe, pourtant, vous allez faire un tour

Au grenier, vers midi, pour voir ce qui se passe

Au bord d'un ou deux trous ;

Mais un quart d'heure de chasse

Est déjà trop pour vous :

Bientôt vous retombez dans votre nonchalance,

Dans cette douce somnolence,

Sans doute exténué par cet effort immense

D'avoir pris

Une souris !...

N'avez-vous pas honte

D'une telle oisiveté ? »

Le chat lui répondit : « Eh bien, au bout du compte,

Que produit votre activité ?

Du tapage,

Et rien davantage.

Ah ! le beau résultat !

Mais n'attraperais-je qu'un rat

Par jour, je fais au moins quelque chose d'utile ;
  Vous amusez les gamins du quartier :
Voilà votre travail ! oh ! le joli métier !
  Sautez, sautez, et laissez-moi tranquille.
Vous savez ce qu'un jour un passant vous a dit :
    Plus d'ouvrage et moins de bruit.

FABLE V

—

LE CHÊNE ET LE RENARD.

Le chêne, déraciné
Par les vents en furie,
Gisait, mourant, dans la prairie,
Trop étroite à son tour pour ce roi détrôné.
Et l'on voyait, au loin, son front superbe
Couvrant encor les arbrisseaux,
Ses vassaux,
A ses côtés couchés sur l'herbe.
« Quoi ! c'est lui ! s'écria le renard en passant,
Le chêne !... qui m'eut dit, lorsqu'il était en vie,

Que son corps s'étendrait si loin dans la prairie ?...
    Mon Dieu ! qu'il était grand !... »

    C'est ainsi que nous sommes :
    Nous rendons justice aux hommes,
    Nous admirons leurs vertus,
    Hélas ! quand ils n'y sont plus !

FABLE VI

—

L'OURS CIVILISÉ.

Un ours, depuis bien des années,
Suivait des comédiens.
Un soir, il quitta ses gardiens
Et gagna prestement ses chères Pyrénées :
Il aimait son pays, voulait revoir les siens,
Désir bien naturel après dix ans d'absence.
Dès qu'il eut embrassé
Parents, voisins, amis d'enfance,
Et le premier moment d'effusion passé,
Il se mit à conter ses succès, ses voyages :

« Je suis peiné, dit-il, de vous retrouver tous

      A peu près aussi sauvages :

Le progrès n'a donc point pénétré parmi vous ?

Je vous entends parler de pièges, d'embuscades,

    De miel volé, d'assauts et d'escalades !...

Je ne sais pas comment, devant moi, vous osez

Tenir de tels propos !.. Est-ce là le langage

      D'animaux civilisés ?

    On se croirait au moyen-âge.

   Pauvre pays !... Je crois qu'à mon départ,

      Vous étiez moins en retard :

    Le dimanche, pour vous distraire,

Vous faites à celui qui grimpera le mieux !

C'est fort beau, j'en conviens, mais est-ce sérieux ?

Si vous aviez encor quelque chose pour plaire...

Mais non... c'est bien toujours le même grognement.

      En fait d'arts d'agrément,

Vous n'avez que la lutte ou bien la gymnastique ;

     Vous n'aimez pas la politique...

     Pourtant, quel délassement !

Que dis-je ? pour vos fils quel noble enseignement !

Comment, ailleurs que là, voulez-vous leur apprendre

Et l'amour du travail et le respect des lois,

Et l'art de parvenir sans mérite aux emplois ?...
Vous n'avez pas l'air de comprendre.
Vous n'attachez de prix, plutôt de vanité,
Qu'au développement de la force physique.
Organisez alors un bal, une musique :
La danse sur les mœurs a son utilité. »
Et là-dessus notre ours, faisant trois révérences,
Exécuta polkas, redowas, contre-danses
Devant ses compagnons en cercle réunis.

Il s'apprêtait à chanter des romances,
Quand quelqu'un lui cria : « Voyons, voyons, finis.
Ne passons pas aux sérénades ;
Nous en avons assez de tes arlequinades.
Pour ces grands airs nous ne sommes point nés.
Nous détestons surtout les anneaux dans le nez.
Ah ! tu nous reproches
D'être brutaux et gauches ;
C'est vrai, nous sommes peu galants,
Peu flatteurs, si tu veux, ayant pris l'habitude
De mépriser les talents
Qu'enseigne la servitude.
Non, ce n'est point par des saluts profonds,
La bouche en cœur, le rire sur les lèvres,

Qu'on surprend les moutons,
Ou bien, sur les rochers, qu'on attaque les chèvres.
Laisse-nous de nos pics l'indomptable âpreté :
Je préfère cette rudesse
A tous les tours de souplesse
Que t'apprirent les coups d'un maître redouté. »

Cet ours, avec raison, flétrissait la bassesse
De ces innovateurs qui critiquent sans cesse
Les souvenirs d'un temps que l'on doit respecter.
Ce n'est point par la pratique
Des clubs et de la politique
Qu'un peuple se relève et s'apprête à lutter.
Instruisons nos enfants dans ces arts salutaires,
Dans ces vertus austères,
Qui rehaussent les cœurs, forment les caractères.
On cultive l'esprit en exerçant le corps.
Rendons-les robustes et forts.
Nos pères, en sabots, conquéraient des royaumes.
Apprenons à nos fils ce passé glorieux ;
Qu'ils aiment leur pays, qu'ils aiment leurs aïeux :
Au lieu de muscadins, nous en ferons des hommes!

FABLE VII

LA RONCE ET LE JARDINIER.

La ronce, un jour, disait au jardinier :
Eh ! qu'ai-je pu vous faire
Pour attirer sur moi cette injuste colère ?
Vous voulez de ce clos à tout prix m'éloigner !
Je produis cependant des fruits comme les autres,
Des fruits aussi bons que les vôtres,
Et bien plus précieux, puisqu'ils viennent sans frais !
Réfléchissez un peu : vos arbres préférés,
Les poiriers, les pêchers, vous procurent sans doute
Des bénéfices importants ;

Mais songez donc au temps,
A la peine, au travail que tout cela vous coûte !
Pour eux le moindre froid est un grave péril.
        Que d'angoisses en avril !
Il vous faut, chaque nuit, les entourer de paille,
Pour soutien leur donner une blanche muraille.
Ils se plaignent toujours. Moi, je grandis sans soin,
        N'ayant besoin
Ni d'eau, ni de fumier ; personne ne me taille.
    L'hiver, l'été, me sont indifférents.
Oubliez donc un peu cette vieille rancune,
        Soyons amis : dans deux ans
    Je veux tripler votre fortune ! »
        Maître Jacques goûta
Ce perfide discours, et, pour toute réponse,
    A l'instant même il transplanta
        Soigneusement la ronce !
        Dans le milieu du jardin.
    Il l'arrosait soir et matin,
Supprimait avec soin toute feuille inutile,
Fumait ce sol déjà si gras et si fertile,
Et l'ingrate, peu faite à ces doux traitements,
    Croissait, croissait, s'étendait en tous sens,

10

Sans s'informer si ses racines
Avaient le droit d'aller chez les plantes voisines
Prendre les meilleurs sucs. Ses hardis rejetons
Envahirent les choux, les navets, les ognons ;
Puis, de là, ses pousses nombreuses
Grimpèrent sur les poiriers,
Les pruniers, les abricotiers,
Dans leurs étreintes vigoureuses,
Enlaçant, étouffant les arbres du verger.
Enfin le jardinier s'aperçut du danger.
Il pria l'insolente
De sortir
Au plus tôt. « Non, je ne veux pas partir,
Repliqua la sauvage plante. »
On fut forcé d'appeler les voisins,
Et, pendant qu'ils coupaient ses profondes racines,
La cruelle, avec ses épines,
Leur déchirait la figure et les mains.

Telle et la conduite
Des ingrats et des méchants :
Les caresses d'abord, les menaces ensuite.
Procédé bien connu. Plantes, bêtes et gens

Agissent tous de la sorte.

D'autres l'ont dit mieux que moi :

Si tu permets qu'ils s'installent chez toi,

Il te faudra lutter pour les mettre à la porte

FABLE VIII

—

LE LOUP ET LE BLAIREAU.

Un vieux loup, chasseur et gourmet,
Par dessus tout aimait
Les plaisirs et la bonne chère.
Aussi, dans son repaire,
De tous côtés voyait-on,
Appendus aux murailles,
Quartiers de porc et de mouton,
Sans compter maintes volailles.
Or, la goutte, un beau matin,
Se fit payer la carte du festin,

Non en écus, mais en douleurs cruelles.

Les loups des environs,

Ses joyeux compagnons,

Venaient le visiter, prendre de ses nouvelles ;

C'était bien jusque-là ; seulement, au départ,

Chacun d'eux passait par l'office,

Décrochait un gigot, prenait un peu de lard.

Après deux mois d'un pareil exercice,

Je vous laisse à juger

Ce qu'il restait de plats dans la salle à manger.

Le loup fut averti de ces escroqueries

Qu'il prenait simplement pour des plaisanteries.

Le blaireau lui disait : « Renvoyez donc ces gens,

Ce sont des sacripans.

C'est l'odeur de votre cuisine,

Mon pauvre ami, qui les attire ici ;

De votre mal ils n'ont aucun souci.

Ils causeront votre ruine,

Si ce n'est déjà fait.

Votre maison est au pillage.

Allez donc au buffet

Vous verrez ce que vaut un pareil entourage. »

Le blaireau disait vrai. Le loup, brisé par l'âge,

A ses anciens amis voulut avoir recours,
        Implorer un léger secours,
        On le paya de beaux discours.
Le chien, son ennemi, fut le plus charitable :
Il lui faisait porter du pain pendant l'hiver.

        Les amis de jeux et de table
        Coûtent souvent fort cher.
Je n'en dis pas plus long : le reste est dans ma fable.

FABLE IX

—

LES DEUX ANES.

L'âne servait de trompette
Au lion le jour de sa fête.
Il s'en allait, comme on sait, fièrement,
Faisant retentir l'air de son terrible chant.
Aux appels cadencés de cette voix superbe,
Un autre âne, qui paissait,
Abandonna vite l'herbe
Et courut à l'endroit où la chasse passait ;
Là, saluant son confrère avec grâce :
« Bonjour, lui dit-il, mon cousin,

Je suis charmé de retrouver enfin

Un représentant de ma race.

Permettez que je vous embrasse.

Ah ! vous rappelez-vous le temps où, chez Colin,

Ensemble nous traînions la charrette au moulin ?...

— Mais du tout ; je n'ai pas l'honneur de vous connaître,

Répondit le cousin ; apprenez que mon maître,

Sa Majesté le lion,

Ne prend pas ses hérauts dans votre nation.

— Pourtant, votre mâchoire et cette lèvre épaisse

Ont toujours distingué les gens de notre espèce...

Vous croyez être un léopard ?...

C'est une erreur de votre part :

Regardez donc vos oreilles,

En tous points aux miennes pareilles.

Vous auriez beau servir pendant vingt ans un roi,

Vous resterez toujours un âne comme moi. »

O vérité profonde !

Que l'on trouve, en ce monde,

De ces petites gens

Qui rougissent de leur naissance,

Dès qu'ils ont le malheur de fréquenter les grands !

Ils prendraient, je suis sûr, pour une grave offense,
Si quelque parent pauvre ou quelque ami d'enfance
          Venait, sur leur chemin,
    Les arrêter pour leur serrer la main.

FABLE X

—

LA GIROUETTE, LA CHOUETTE
ET LA CIGOGNE.

Une vieille girouette
S'arrêta subitement.
« Tiens, dit la chouette,
La voisine est muette !
Elle ne grince plus ? D'où vient ce changement ?
Eh ! qu'as-tu, chère amie,
Toi qui, toute ta vie,
As suivi les zéphirs
Dans leurs moindres désirs ?

Tu restes maintenant immobile à ta place,
Et comme sous le coup d'une grande douleur ?...
Oh ! je prévois quelque malheur...
Je sais bien qu'ici-bas tout s'apaise et se lasse,
Même le vent...
Mais non, ce n'est pas ça, je crains un accident :
Si le tonnerre et la tempête
Avaient troublé sa pauvre tête ?...
Ma foi... qui sait ?...
Depuis le temps qu'elle tournait !
Une vieille cigogne expliqua le mystère ;
Elle lui dit : « Les ans, la rouille ont fait l'affaire,
Ma belle, ne craignez rien :
Votre voisine va très bien ;
Seulement, à son âge,
On fixe ses désirs, on devient moins volage.
A votre tour
Vous l'apprendrez un jour. »

Cette fable s'applique
A ces gens,
Mobiles et changeants,
En amour comme en politique :

Ils sont toujours en l'air, se tournant sans raison
      Vers tous les points de l'horizon.
        Sur le soir, la vieillesse
        Amène enfin la sagesse,
Et toutes ces ardeurs s'arrêtent brusquement.
        D'où vient ce revirement ?
Qui peut avoir produit cette métamorphose ?
      La rouille et l'âge en sont la cause,
      N'allez pas chercher autre chose.

FABLE XI

—

LE CANARD QUI VEUT VOLER.

Sur le bord d'un marécage,
Le canard convoqua
Les poules, les dindons, les coqs du voisinage.
Au rendez-vous aucun d'eux ne manqua.
Il dit : « Messieurs, depuis bien des années,
Vous me voyez nager,
Plonger,
Et même patauger ;
Cependant, mes destinées
M'appellent loin d'ici,

Loin de ce sol fangeux, de ces humbles villages.
  Oui, je sais voler aussi,
  Fendre les airs, atteindre les nuages.
Vous avez vu passer ces hardis voyageurs
    Qui s'en vont, en troupes serrées,
    Vers ces charmantes contrées
Où jamais les hivers n'exercent leurs rigueurs ?
    Eh bien ! je suis leur frère !
    Je me lasse sur la terre,
Je pars, mes chers amis, recevez mes adieux ;
    Je m'en vais, à travers les cieux,
  Chercher les miens sur ces rives lointaines.
    Vous verrez que, dans mes veines,
    Coule encore le même sang. »
Là-dessus, bruyamment, ses ailes s'étendirent,
    Il fit entendre un cri perçant,
  Et... ce fut tout : ses forces le trahirent.
    Quand il voulut prendre son vol,
  Il retomba lourdement sur le sol.
    On le conduisit à l'étable.

    Je vous adresse cette fable,
Rimailleurs orgueilleux, c'est bien là votre cas :

Dans une longue préface,
Vous annoncez, à grand fracas,
Que vous allez gravir les hauteurs du Parnasse ;
Mais, quand il faut partir, un éternel lien
A terre vous retient.
A quoi sert le bruit que vous faites ?
Vous voulez imiter vos frères, les poètes,
Dites-vous ! vous parlez, je crois, de parenté ?
Avec eux ? Je n'en vois de trace
Nulle part. Laissez donc tout cela de côté :
Vous n'êtes plus de leur race.

FABLE XII

—

L'AGNEAU ET SA MÈRE.

Pour la première fois,
Un jeune agneau suivait les brebis au pacage.
On est curieux à cet âge.
Tout l'étonnait, le feuillage,
Les ruisseaux, les vallons, les bois.
Il disait à sa mère :
« Comment appelez-vous celui qui nous conduit ?
Quand je veux m'écarter un peu dans la bruyère,
Il me fait signe et me poursuit.
— C'est le berger, mon enfant, notre maître.

— Ainsi nous ne pouvons bêler, courir ou paître
Sans son assentiment?— Eh non!— Oh! c'est bien dur!
Mais qui peut lui donner un droit de cette sorte?
— Il nous dit que c'est Dieu, la loi; rien n'est moins sûr.
Je sais qu'un jour il mit les béliers à la porte,
Et fit peur aux moutons; tout cela n'est pas clair.
— Que fait-il du bâton qu'il agite dans l'air?
        — Ce bâton? C'est sa houlette.
    Il s'en sert pour nous protéger,
        Surtout pour nous corriger.
— Et cet autre animal, à la mine inquiète,
Qui regarde partout? — C'est le chien. On prétend
Qu'il fait la chasse aux loups, le soir, quand tout repose,
Qu'il les bat quelquefois, je n'ai pas vu la chose,
Mais seulement je sais qu'il nous mord bien souvent.
— Il vous mord? Et pourquoi gardez-vous tout ce monde?
Ne pourrait-on sans eux vivre en sécurité
        Et goûter une paix profonde
            Au sein de la liberté?...
— De grâce, taisez-vous, mon enfant; prenez garde.
    Tenez, déjà le berger vous regarde.
Votre grand-père un jour voulut parler ainsi,
Le chien, pendant la nuit, l'emmena loin d'ici.

11

On lui mit un collier de fer... Ah ! quand j'y pense!..
Garrotter, museler un vieillard sans défense !...
　　　Grand Dieu! que j'ai versé de pleurs,
Près de mon râtelier, quand la porte était close !...
Mon fils, épargnez-moi de semblables douleurs.
　　　J'ai bien souffert... parlez-moi d'autre chose. »

　　　Les brebis trouvent que le chien
　　　　　N'est bon à rien ;
　　　Les hommes, que la police
　　　　　Ne rend aucun service ;
　　Et cependant, au moment du danger,
Chacun sent le besoin d'appeler le berger.
　　　Personne alors ne critique
Ce pouvoir qui paraît aujourd'hui despotique ;
On ne s'amuse plus à parler politique...
　　Mes chers moutons, vous voulez dans les bois,
　　　　Je le vois,
Vivre seuls désormais sans houlette et sans lois :
N'avez-vous pas gagné la liberté de paître ?
C'est très vrai ; mais avant de chasser votre maître,
Vous ferez bien aussi de supprimer les loups.
Je peux bien vous donner ce conseil, entre nous.

FABLE XIII

—

LE LOUP ET LE RENARD.

Unis par les liens d'une étroite amitié,
Le renard et le loup un jour se réunirent,
Et s'entendirent
Pour exploiter une ferme à moitié.
On évita des droits de fisc et de notaire,
En priant deux témoins d'arranger cette affaire,
Sans écrit : le travail se ferait en commun,
Et, plus tard, chacun
Prendrait sa part de gain au moment du partage.
Il fallait bien

Quelques provisions pour entrer en ménage.

Nos deux compères n'avaient rien.

On débuta par un grand acte,

En décidant, à l'unanimité,

Que l'argent du premier pacte

Serait d'abord affecté

A l'achat d'un cochon, qu'on mettrait de côté,

Et dont la viande et la graisse

Serviraient à la maison,

Pendant les jours de détresse

Et les longs mois de la froide saison.

A la foire voisine ensemble ils l'achetèrent,

Peut-être bien qu'ils le volèrent.

Le loup revendiqua l'honneur de l'étrangler ;

Le renard se chargea du soin de le saler.

Dès que sur les coteaux apparaissait l'aurore,

Le loup s'en allait au champ,

Et le soleil couchant

Le trouvait travaillant encore.

Le renard, moins assidu,

A son travail était plus tard rendu.

Il faisait chaque jour des absences fréquentes :

C'était pour terminer des affaires pressantes,

Recevoir des parents récemment arrivés,
Que sais-je ? les motifs étaient bientôt trouvés.
Le loup, se méfiant, à la fin de l'année,
Voulut avec raison savoir
Ce qu'était devenu le porc dans le saloir.
Il y fit une tournée.
Mais hélas ! il était trop tard :
Il n'y retrouva que la paille.

O que d'associés semblables au renard !
Pendant que l'un travaille,
L'autre mange le lard !...

FABLE XIV

—

LE GEAI, LE HIBOU ET LA CHOUETTE.

Le hibou dit au geai :
« Plaignez-moi, cher voisin, je suis bien affligé.
L'hymen pour moi n'a plus .de charmes ;
Je ne puis retenir mes larmes
En voyant mes enfants. Pourquoi sont-ils si laids
Quand ceux de la tourterelle
Sont si beaux et si bien faits ?
J'ai cependant un bec et des plumes comme elle !
Soyez de bonne foi,
Cette laideur ne sort pas de chez moi :

Sans être un Adonis, je crois que ma figure

     Et ma tournure

N'ont rien de repoussant. Tenez, si je croyais

   Que ce défaut provînt de mon épouse,

     Demain je la quitterais :

    Elle est méchante, jalouse,

     Cancanière ; après tout,

    Je n'y perdrais pas beaucoup.

Au fond, vous le voyez, ce qui me désespère,

C'est de me voir atteint dans mon orgueil de père :

     Franchement,

    Peut-il en être autrement ?... »

Le geai, fort ennuyé de cette confidence,

   Vit qu'il fallait agir avec prudence,

Et ne pas dévoiler crûment la vérité.

« Rassurez-vous, mon cher, personne n'en est cause,

Lui dit-il, je m'en vais vous expliquer la chose

En deux mots : Savez-vous d'où nous vient la beauté ?

De l'art de bien couver ; les preuves sont certaines.

    Vous couvez trop peu de temps.

   La tourterelle, tous les ans,

Consacre à ce doux soin au moins quatre semaines.

   Essayez donc. Vous verrez si je mens. »

Le hibou s'empressa d'indiquer la recette

   A madame la chouette,

Qui prit fort mal la chose, et lui dit sèchement :

« Vous vous plaignez d'avoir un fils qui vous ressemble?

C'est plutôt un honneur pour nous deux, il me semble;

Vous le trouvez affreux? je le trouve charmant,

Serait-il autrement, nous n'avons rien à faire,

   Qu'à nous taire.

Gardez votre recette, on s'est moqué de vous :

Des petits de hiboux sont toujours des hiboux. »

FABLE XV

—

L'AVARE ET SA SERVANTE.

Un voleur, plein d'audace,
D'un harpagon emporta le trésor,
Et mit, pour se moquer, une pierre à la place.
L'avare, en s'éveillant, ne trouvant plus son or,
Pleurait, se lamentait, criait : « Quel crime atroce !
Ah ! le coquin, le brigand,
Il pourra maintenant
Rire à mes frais, boire, rouler carrosse ! »
Sa servante lui dit : « Qu'est-ce ce désespoir ?
Vous n'éprouvez aucun dommage :

Employez-vous votre or à quelque noble usage ?
Non. Vous le contemplez du matin jusqu'au soir.
　　Mais vous pouvez, de la même manière,
　　　　Contempler cette pierre.
Laissez donc vos écus ; pourquoi les regretter ?
— Eh bien ! c'est vrai, je ne savais qu'en faire,
Je m'en consolerai, mais ce qui m'exaspère,
C'est de penser qu'un autre en pourra profiter !... »

FABLE XVI

—

LES DEUX REINES ET LEURS SUJETS.

Dans une ruche, deux reines,
Batailleuses, hautaines,
A propos d'une fleur se dirent de gros mots,
Et se déclarèrent la guerre.
Chacune assembla ses vassaux,
Raconta longuement l'affaire,
Leur disant : « Allons, vengez-nous,
L'outrage qu'on nous fait doit retomber sur vous. »
Les bourdons sagement répondirent : « Mes belles,
Nous n'acceptons point ces combats.
Videz entre vous vos querelles :

Vos différends ne nous regardent pas.

Si nos voisins venaient nous prendre

Notre miel ou nos rayons,

Avec nos aiguillons

Nous serions là pour les défendre,

Et non pas un, mais tous, entendez bien.

Vos sottes jalousies

Et vos rivalités ne nous touchent en rien.

Arrangez-vous. Nous vous avons choisies

Pour régler nos travaux et pour nous diriger,

Nous instruire, et non pas pour nous faire égorger. »

Dans un immense amphithéâtre,

Les deux reines devaient le lendemain se battre.

Dès l'aube, les essaims

Se pressaient sur les gradins,

Attendant anxieux ce duel homérique...

Un arrangement

Survint au dernier moment.

C'était plus sage et moins critique,

Par conséquent, plus politique.

Si les rois

Réglaient ainsi dans des tournois

Leurs fréquents démêlés, vous verriez que la guerre
Sévirait rarement ou ne durerait guère.

Malheureusement,

Cela se passe autrement.

Entraînés par l'orgueil et l'amour des conquêtes,

Il nous promènent à travers

L'univers ;

Mais après les succès, arrivent les défaites,

Les défaites, les revers,

Et l'histoire

Nous montre chaque jour, par nos propres malheurs,

Combien tous ces rêves de gloire

Nous coûtent d'argent et de pleurs !...

FABLE XVII

—

JUPITER ET LA BREBIS.

A Jupiter un jour se plaignait la brebis :
        « Je ne vois pas de créature
Qui souffre plus que moi dans toute la nature :
L'homme prend ma toison pour tisser ses habits,
Et ma chair vient après quand il m'a bien tondue.
Que dirai-je du loup ? C'est bien pis, sans le chien,
        Mon seul ami, mon seul gardien,
Mon espèce serait depuis longtemps perdue. »
Jupiter répondit : « Je déplore ton sort ;
        C'est vrai, j'eus tort,

A ta naissance,

De te créer sans défense ;

Mais aujourd'hui je veux t'armer en conséquence.

Choisis. Veux-tu de grandes dents?

— Et pourquoi, s'il vous plait, pour dévorer les gens?

— Les dents ne te vont pas? C'est bien, je vais répandre

Sur ta blanche toison

Un mortel poison :

Personne à l'avenir ne pourra te la prendre.

— Mais je vais ressembler à ces hideux serpents,

A ces êtres vils et rampants,

Que l'on ne peut toucher sans exposer sa vie !

Qui voudrait s'approcher de moi dans la prairie ?

Je serais un objet d'épouvante et d'horreur !

— Alors, veux-tu que j'orne

Ton front d'une terrible corne ?

— Les cornes m'iraient mieux... cependant, non, j'ai peur

D'effrayer mon jeune maître.

Il est vrai que souvent

Il me bat sans motif et m'empêche de paître ;

Que voulez-vous, c'est un enfant.

— Enfin, tu dois comprendre,

Qu'il t'est permis,

Quand tes ennemis
Te font du mal, au moins de le leur rendre.
— Maître, je comprends tout et ne puis accepter,
Car je sens que mon cœur n'est pas fait pour lutter.
— Eh bien, lui dit Jupin, je viendrai te défendre. »

Ames tendres, cœurs innocents,
Qui n'avez d'autres armes
Que des larmes
Pour arrêter les méchants,
Vous croyez ainsi les contraindre,
Par votre douceur,
A détourner de vous leurs traits pleins de noirceur ?
C'est par d'autres moyens qu'il vous faut les atteindre.
Quittez cette candeur, quittez cette bonté :
Celui qui se fait craindre est toujours respecté.

FABLE XVIII

—

LES DEUX PLATS.

Un grand plat de porcelaine,
A la mine hautaine,
Fier de sa forme ovale et de ses filets d'or,
Disait à d'autres plats humbles et sans décor :
« Que faites-vous ici ? faut-il que je vous chasse,
Petits impertinents ? Est-ce ici votre place
Quand on sert
Le dessert ?
Vous êtes des valets et devez disparaître

12

Sitôt les mets servis ; moi, j'assiste au festin
Jusqu'à la fin :
Mon devoir est d'orner la table de mon maître.
Ah ! vous croyez que nous sommes égaux
Parce que je tolère
Que vous portiez mon chiffre et mon nom ? oh ! les sots !
— Hélas ! lui dit un plat de terre,
Je comprends peu votre fierté :
Le soir, à la cuisine,
Vous êtes loin d'avoir cette superbe mine.
Là, règne l'égalité.
Aux assiettes, aux bols, le marmiton vous mêle,
Et quand on lave la vaisselle,
Que vous soyez d'argent ou d'or, ovale ou rond,
Vous êtes avec nous dans le même chaudron ! »

Au sortir du banquet, quand la fête est finie,
Les inégalités de cette triste vie
Disparaissent subitement.
La Mort est là qui nous attend
Et nous reçoit dans la même demeure.
N'allez pas lui parler, à cette dernière heure,
De gloire, de blason, de fortune et de rang,

Dans l'espoir d'obtenir des faveurs auprès d'elle :

Dans le sombre séjour, la déesse cruelle

Veut que tous les humains soient égaux en entrant.

FABLE XIX

—

LA GRIVE QUI SURPREND SON ÉPOUX.

La grive, un jour, aperçut son époux,
    Dans un bouquet de houx,
Serrant de près sa plus fidèle amie.
(J'ai su depuis que c'était une pie).
Comment venger une telle infamie ?
    Le délit était flagrant.
Elle pouvait dénoncer l'adultère,
Obtenir au besoin un jugement sévère ;
Mais elle réfléchit qu'un scandale plus grand
Sortirait à coup sûr d'une plainte en justice :

Elle voyait son nom traîné dans les journaux,
Ses intimes papiers saisis par la police,
Faussement commentés devant les tribunaux,
            Par messieurs les étourneaux,
                Et puis la honte,
                Au bout du compte.
            Pouvait-elle abandonner
Ces chers petits que Dieu venait de lui donner ?
Et la grive suivit le parti le plus sage,
            Dans les bois fort en usage :
            Elle aima mieux pardonner.

Vous direz que c'était une grive commode,
Que ces pardons, chez nous, ne sont plus à la mode,
            Les hommes étant moins sots ;
Je n'ai rien à juger. Ma fable vous indique,
            Simplement, ce qui se pratique
                Chez les oiseaux.

FABLE XX

—

L'ANE ET SON MAITRE.

Un marquis possédait un cheval admirable,
Qui lui faisait gagner de très riches paris :
Il arriva second au grand prix de Paris.
C'était, pour un début, déjà fort honorable.
    Seulement, le noble coursier
    Avait un tic assez bizarre :
    Il rongeait son râtelier,
      Et ce n'était pas rare
      De le voir, tous les mois,
      En briser deux ou trois.

« Maître, dit le baudet, rendez-moi donc justice,

Depuis que je suis né,

Vous ai-je occasionné

Un semblable préjudice ?

Regardez ma mangeoire, ai-je fait des dégâts

Comme en fait tous les jours mon voisin ? n'ai-je pas,

Ce qu'il n'aura jamais, l'esprit, la patience

Et la sobriété ? C'est bien l'essentiel !

— Ah ! dit le maître, plût au ciel

Que vous ayez aussi son tic et sa vaillance !... »

Les imbéciles et les sots

Ont la manie

De s'arrêter sur les petits défauts

D'un homme de génie.

Faites d'abord ce qu'ils ont fait ; après,

Vous critiquerez.

FABLE XXI

—

LE CHAT ET LE VAUTOUR.

Un vautour aperçut trottinant dans la plaine
Quelque chose de gris, au poil soyeux et fin :
C'était un chat qu'il prit pour un lapin.
        « Ah ! dit-il, la bonne aubaine !
        Je n'avais rien pour dîner.
        Quel festin je vais me donner ! »
        Là-dessus, il fond sur sa proie,
        L'atteint et l'emporte avec joie.
        Il allait mettre en morceaux

L'imprudent, quand soudain, se tournant sur le dos,
Par un mouvement plein d'adresse,
Le matou se redresse,
Le prend au cou, le mord cruellement
Jusqu'au sang.
Sous la douleur qu'il maîtrise,
Le vautour crie et se tord.
« Pardon, dit-il, pardon, j'ai tort ;
Tu le vois, c'est une méprise ;
Lâche-moi, je vais te lâcher.
— Non, dit le chat, pas si bête !
Tu voudrais sur ce rocher
Me voir briser la tête ?
Porte-moi, s'il te plaît, aux lieux où tu m'a pris. »
Et le vautour, humble, soumis,
Dévorant sa colère,
Fut bien forcé de le descendre à terre.

Quand les tyrans
Trouvent des gens
Qui leur montrent les dents,
Ils deviennent aussi traitables,

Aussi plats, aussi doux,
Qu'ils étaient autrefois cruels et redoutables.
Défendez-vous.

LIVRE IV

FABLE I

—

LE COUCOU, LA PIE ET LE MILAN

Une pie, à la fois cancanière et bigote,
S'en allait caquetant et répétant partout
        Qu'on avait surpris le coucou
        Dans le nid d'une linotte.
Ce mensonge impudent fut vite répandu :
        Une heure après, dans le bocage,
Tous les oiseaux parlaient de ce libertinage,
Et chacun ajoutait son mot, bien entendu.

Devant la persistance

D'une semblable offense,

Le coucou, furieux,

S'en vint droit au parquet déposer une plainte :

Il était fatigué de ces bruits odieux

Qui pouvaient porter atteinte

A la réputation

De la dame en question.

A la sixième chambre, on appela l'affaire.

Le milan présidait. D'un ton calme et sévère,

Il dit : « Messieurs, les débats sont ouverts,

Asseyez-vous, et restez découverts. »

Puis, se tournant vers la pie :

« Vous possédez, madame, un bec empoisonné :

Dans les bois, dans les champs, vous avez promené

Une infâme calomnie.

Il faut, au moins,

Quand on attaque ainsi la conduite des autres,

Amener des témoins.

La linotte a les siens ; nous attendons les vôtres.

Mais revenons au fait. Comment l'avez-vous su ?

Dites à ces messieurs ce que vous avez vu,

Et rien plus : les détails ne m'intéressent guère.

— Je n'ai rien vu, c'est vrai, d'une façon bien claire,
            Seulement, on me l'a dit.
    — Ah ! je comprends... et cela vous suffit ?
Comment ! sur des on dit d'une source peu sûre,
Sans crainte, vous lancez une aussi grave injure ?
— Mais je n'invente rien, je le tiens du moineau,
Qui vint me supplier d'avertir le linot.
Du reste, les voisins n'en ont pas fait mystère.
            — Raison de plus pour vous taire ;
On ne répète pas de semblables propos,
Même quand ils sont vrais, et moi je les crois faux.
C'est très mal. A l'abri des tracas du ménage,
Vous passez votre vie à déverser l'outrage...
            Au fond, ces gens tant décriés
            Valent plus que vous ne croyez,
Je vous le dis, plus que votre entourage.
Certes, je n'entends point défendre le coucou ;
Je trouve, cependant, qu'on le charge beaucoup :
Vient-il à se commettre une erreur conjugale,
C'est toujours sur son dos qu'éclate le scandale :
Il sème le désordre, il va dans tous les nids,
Et, chose surprenante, on ne l'a jamais pris !
L'a-t-on vu ? non. Eh bien ! cessez vos médisances ;

S'il est coupable, il s'est caché,

Et vous savez que, dans ces circonstances,

Les oiseaux généreux excusent un péché.

Les juges sont fixés. Le procureur demande

Qu'on vous condamne à trois cents francs d'amende ;

J'en ôte cent, mais vous paierez

Tous les frais. »

Retenez bien ces paroles sévères,

Vieilles filles, vieilles commères

Qui jasez à tort à travers.

Je vous adresse ces vers.

Avant de critiquer des personnes honnêtes

Qui méritent votre respect,

Dites-moi donc qui vous êtes,

Vous, dont le passé suspect

Contient presque toujours quelque chose de louche.

Parlez, parlez, et vous verrez qu'un jour,

La justice, à son tour,

En plein palais vous fermera la bouche.

FABLE II

—

L'ANE, LE RENARD ET LE CHEVAL.

L'âne parlait toujours du baudet, son grand-père,
                Qui suivait le lion
              Dans son expédition
            Contre le tigre et la panthère.
              Il racontait, avec orgueil,
Que ses contemporains admiraient son coup d'œil
          Dans les combats, sa ruse, sa prudence.
  Le roi l'avait chargé de sa correspondance ;
  Il ne pouvait, sans lui, rédiger les traités ;
  Aussi le gardait-il toujours à ses côtés.

13

Par ses conseils deux fois il sauva la couronne.

« Ah ! dit le renard, ça m'étonne !

Pour le coup, je ne vous crois pas.

Je connais votre aïeul, de nom du moins : l'histoire

Parle, je crois, de sa mâchoire

Sans en faire beaucoup de cas.

Entre nous, sa tête superbe

Etait faite pour brouter l'herbe,

Et non pour conseiller les gens.

— Alors, vous croyez que je mens ?

Répondit l'âne ; eh bien, voulez-vous me permettre

D'appeler le cheval ? c'est un des survivants

De ces héroïques temps.

Il va nous renseigner, il a dû le connaître. »

Le cheval était dans le pré ;

Il avait écouté l'entretien : « Oui, c'est vrai,

Dit-il, le fait est authentique.

Le roi l'appelait quelquefois

Pour entendre sa belle voix :

Il servait dans la musique. »

Tel grand seigneur

Vante la valeur,

Les services fameux rendus par son ancêtre
          A des princes, à des rois,
Quand ces hauts faits se réduisent peut-être
          A de modestes emplois.

FABLE III

LE LIÈVRE ET L'ÉPINE.

Un lièvre poursuivi par une meute entière,
Harcelé, traqué, serré.
S'élança tête première
Dans un épais fourré.
Les ronces le sauvèrent :
Taillaut et Brifaut refusèrent
De pénétrer plus avant.
Il était sain et sauf, c'est vrai ; mais en passant,
Il avait supporté plus d'une égratignure,
A travers les buissons, car leurs dards acérés,

En sanglants traits,
Se marquaient sur sa figure.
Tous les chasseurs partis, notre ami s'en allait,
Clopin-clopant, à la source voisine
Laver le sang qui l'aveuglait,
Quand, furieuse, une épine
L'arrêta : « Tiens, vous nous quittez ainsi ?
Sans avoir la convenance
De m'exprimer au moins votre reconnaissance !...
Que dis-je ? vous partez sans nous dire merci !...
Nature ingrate et sauvage !...
— Regardez plutôt mon visage,
Dit l'animal surpris par tant de cruauté,
Regardez, s'il vous plaît, mon front ensanglanté :
De vos bienfaits vous y verrez la trace.
Ah ! laissez-moi, de grâce ;
J'aimerais mieux mourir, je crois,
Que de venir une autre fois
Réclamer vos bons offices. »

Je connais ainsi bien des gens,
Qui se disent obligeants,
Mais font payer cher leurs services.

FABLE IV

—

LES CHATS ET LES SOURIS.

Les souris irritées
D'être toujours persécutées
Par les chats du quartier,
Un beau jour s'assemblèrent
Dans un grenier, et décidèrent
Qu'on changerait d'habit et de métier.
L'une dit : « Voyons, du courage !
Suivez-moi. C'est honteux de vivre en esclavage,
De nourrir des tyrans. Quels plaisirs avons-nous ?
Nous ne pouvons quitter nos trous

Sans rencontrer quelque bête sauvage

Qui nous barre le passage.

Eh bien ! il faut briser nos fers,

Quitter cette maison damnée ;

Avec nos Lares, comme Enée,

Allons, par delà les mers,

Fonder dans les airs

Quelque puissante république ;

Et là du moins, loin de nos ennemis,

Il nous sera permis

e goûter les douceurs du bonheur domestique... »

Les nouvelles chauves-souris,

Au crépuscule s'appelèrent,

Et fières, s'envolèrent

En poussant de grands cris.

Les chats, du haut des gouttières,

sistaient au départ des pauvres prisonnières.

étaient indignés : Comment les arrêter ?

Quel tour, quel piège inventer

Pour répondre à tant d'audace ?

vait-on désormais renoncer à la chasse ?

On décida que le mieux

Etait de faire comme elles,

De prendre des ailes,
Et d'aller dans les cieux
Poursuivre les rebelles.
Ils se firent chats-huants.
Les ongles et le bec remplacèrent les dents.
Sur la robe d'hermine on disposa des plumes;
Et la guerre, le jour suivant,
Recommença dans l'air plus cruelle qu'avant.

Ne changeons point d'état, de pays, de costumes,
Dans l'espoir d'éviter des ennuis, des tracas :
Sous une forme nouvelle,
Nos mêmes ennemis nous suivront pas à pas
Pour nous chercher querelle.
Ne les connaissant plus, nous croyons qu'ils ont fui;
Ils ont tout simplement changé d'habits et d'armes.
Chaque métier traîne après lui
Ses soucis et ses alarmes.

FABLE V

LE CHARRETIER EMBARRASSÉ.

Un villageois rentrait une charrette à foin.
Il avait pris soin
De la charger aussi bien que possible ;
Mais, à chaque mouvement,
Par une force irrésistible,
Tout le poids, insensiblement,
Penchait et se portait à gauche.
Le rustre se fâchait, gourmandait ses chevaux,
S'en prenait aux brancards, à la boue, aux cahots.
Un passant s'approche :

« Cherchez, dit-il, autre part,
Vos chevaux vont très bien ainsi que le brancard,
Et si vous êtes en retard,
Ce n'est point à coup sûr leur faute ni la vôtre :
Vous avez une roue en fort mauvais état,
Moins solide que l'autre.
De son peu d'épaisseur voilà le résultat.
Plus elle plie et chancelle,
Plus la charge tombe sur elle.
Allez plus doucement, marchez au petit pas.
Moi, je dételerais plutôt, je vous l'avoue ;
Appelez donc ces gens qui travaillent là-bas. »
Dix pas plus loin le char se brisait sur la roue.

C'est toujours sur les malheureux,
Et sur ceux
Qui sont déjà brisés par la souffrance,
Que nous voyons l'adversité
Frapper de préférence
Avec le plus de cruauté.

FABLE VI

—

LE MEUNIER ET LES RATS.

Maître Jean voyant bien qu'il était ridicule
De nourrir plus longtemps une bande de rats,
     Qui le grugeaient sans scrupule,
Prit enfin le parti de sortir d'embarras :
Il leur donna trois jours pour quitter leurs tanières.
Ces délais expirés, il monta sur les toits,
    Fit assembler les chats sur les gouttières,
Et les pria de faire exécuter les lois.
Ces messieurs aussitôt suivirent les mansardes,
    Firent cerner chaque trou par des gardes,

Et si quelque souris s'avisait de sortir

      Par quelque fente mal bouchée,

Un gardien lui sautait au cou, sans l'avertir,

      Et n'en faisait qu'une bouchée.

        Devant un blocus pareil,

    Comment lutter ? Les rats tinrent conseil.

    L'un dit : « Messieurs, non, il n'est pas possible

Sans vivres et sans pain de pouvoir résister :

    On nous a pris par notre endroit sensible ;

        Que faire ? se lamenter ?

      Ce serait une reculade,

    Il n'en faut pas. Moi, je serais d'avis

D'envoyer sur-le-champ au maître du logis

        Une forte ambassade,

        Pour avoir l'explication

        De cette persécution ;

Alors, quand nous saurons les motifs de la guerre,

        Nous délibèrerons,

        Après, nous agirons.

C'est là le seul moyen de nous tirer d'affaire. »

On discuta l'avis ; on fut bientôt d'accord.

      Les députés, tirés au sort,

Partent sans plus tarder et frappent à la porte.

« Maître, dit le premier, nous sommes étonnés

      Que vous traitiez de la sorte

      Des gens qui chez vous sont nés !

Vos ancêtres toujours ont eu la convenance

De nous entretenir sans beaucoup de dépense,

Et vous, vous nous chassez sans avertissement !

      D'où vient ce revirement ?

En dépit de nos droits et de ces lois si sages

      Qui règlent l'hospitalité,

      Avec brutalité,

Vous ordonnez aux chats de fermer nos passages !

Cruel ! vous leur laissez le soin de nous traquer !

Peut-on de ses amis à ce point se moquer !...

Que voulez-vous de nous ? que prétendez-vous faire ?

— Vous chasser, répartit le meunier en colère.

      Comment ! tas de fainéants,

    Je vous nourris depuis tantôt dix ans,

Par bonté, par faiblesse, et vous trouvez étrange

Si je me lasse enfin et si je vous dérange ?

En voilà des farceurs !... Mais quelle est donc la loi

Qui m'oblige, un seul jour, à vous garder chez moi ?

      Vous parlez d'injustices !

      Parlez-moi donc de vos services !

En quoi m'aidez-vous ? en rien,
Si ce n'est à manger mon bien.
Et vous avez l'audace
De demander pourquoi
Je vous chasse
De mon toit ?...
Mes parents ont été pour vous trop débonnaires.
Pour la seconde fois, je vais ouvrir vos trous,
Je vous donne deux jours pour régler vos affaires ;
Partez, ou gare à vous.
Les rats comprirent,
Et déguerpirent
Pendant la nuit.
Le déménagement s'effectua sans bruit.

Le monde est plein de ces gens, bons apôtres,
Parasites honteux,
Qui vont se réparer, s'engraisser chez les autres.
Oh ! les gueux !
Dès qu'on leur fait sentir qu'on peut se passer d'eux,
Il croient en imposer en faisant du tapage :
Ils jettent les hauts cris,
Parlent de droits acquis,

Espérant prévenir ou détourner l'orage.

Se fâche-t-on,

Ils ont bientôt changé de ton.

FABLE VII

—

LE LOUP ET LE BERGER.

Un loup goutteux, perclus,
N'en pouvant plus,
Se lamentait sur sa vie
Pleine d'infamie.
Il en eut honte et résolut,
Pour mieux faire son salut,
D'aller chez les brebis finir son existence,
Racheter ses péchés et faire pénitence.
Il accourt au village, appelle le berger :

« Pardonnez-moi, dit-il, mes accès de colère,

Mes vols audacieux : je veux me corriger,

Me sentant pris d'un repentir sincère.

Oubliez donc votre courroux.

Si vous voulez me recevoir chez vous,

Je vous serai toujours utile et nécessaire :

Je garderai d'abord le parc mieux que vos chiens,

Connaissant de longue date

La politique scélérate

En honneur chez les miens.

— Non, non, dit le berger, la vieillesse, sans doute,

T'oblige de traiter ?

Ce n'est pas maintenant qu'il faut se présenter :

Personne ne te redoute.

C'est trop tard, je n'accepte pas.

Je sais, du reste, en pareil cas,

Ce que fit un des tiens. Va, je te remercie,

Peut-être tu dis vrai, mais moi je me méfie. »

Le loup parlait sincèrement. Le soir,

Il revint. Le dépit, la faim, le désespoir

Lui rendirent bientôt ses forces, son courage.

Il attaqua les chiens, le berger, le troupeau,

14

Et vendit chèrement sa peau,
Ne voulant point survivre à ce dernier outrage.

Pourquoi rebuter un méchant
Qui se repent ?
Aimez à pardonner et soyez charitable.
Quand on est trop sévère, on se trompe souvent,
C'est la morale de ma fable.

FABLE VIII

—

L'AIGLE ET L'ALOUETTE.

« Oh ! que les hommes sont sots !
Disait au maître des oiseaux,
   Une jeune alouette,
Prétentieuse et fort coquette :
Qu'ils admirent le rossignol,
   La fauvette, encore passe ;
Mais donner la troisième place
A la linotte ?... Oh ! c'est un vol.
Mais vous, qui m'entendez de près dans les nuages,

Quand je lance gaîment mes hymnes au soleil,
Croyez-vous que mon chant mérite un rang pareil ?
C'est vrai, je fuis le bruit, les ruisseaux, les ombrages,
 J'aime le ciel, l'azur, l'immensité,
 J'aime ces régions calmes, où tout s'apaise,
 Où mon cœur, à son aise,
Epanche les transports de sa folle gaîté ;
 Oui, je m'élève, et j'en suis fière ! »
L'aigle lui répondit : « Eh ! voilà bien, ma chère,
 Votre plus grand défaut :
On peut quitter de temps en temps la terre,
 Mais... mais... vous montez trop haut.
Quand on veut des mortels obtenir les suffrages,
On doit, modestement, rester dans les buissons,
Et ne pas fréquenter ces sublimes parages,
Où personne ne peut écouter vos chansons.
Descendez dans nos bois, mêlez-vous aux pinsons.
Moi, je puis m'élever : je n'ai rien à prétendre
 Dans vos concerts harmonieux ;
Mais vous qui possédez un talent merveilleux,
C'est parmi vos rivaux qu'il faut se faire entendre.
L'homme voudrait vous voir ; contentez son désir.
Il vous dit : « Bel oiseau, vous chantez à merveille,

» Oui, mais pour vous goûter, il faut que mon oreille
          » Puisse au moins vous saisir. »

          C'est ainsi que vous faites,
Romanciers orgueilleux, philosophes, poètes,
Musiciens incompris, chantres de l'avenir :
               En voulant parvenir
          A des hauteurs inaccessibles,
          Vous travaillez à devenir
          Encor plus incompréhensibles.

FABLE IX

—

LA BELETTE ET LES POULES.

La goutte un jour quitta les demeures princières,
Et ne dédaigna point d'aller au poulailler
Exercer ses rigueurs et tenir prisonnières
    Les poules d'un fermier.
    Vous ne les auriez plus trouvées,
      Comme autrefois, dans les champs,
    Promenant leurs chères couvées :
Plus d'œufs dans les paniers, dans la cour plus de chants;
Le deuil était partout, même au cœur de Perrette.
      Dame belette

Se plaignait à son tour de ce fâcheux état.

Son estomac était fort délicat :

La belle ne pouvait supporter qu'un seul plat.

On sait qu'un jour sa gourmandise

Dans le trou d'un grenier faillit lui coûter cher.

Aussi, sa santé de fer

Se trouvait, depuis lors, gravement compromise.

Il lui fallait chaque jour un œuf frais,

Se régalant à peu de frais,

Comme on voit, sa cuisine était facile à faire.

Comment vivre à présent ?... Que s'était-il passé ?

On voyait du duvet et des plumes à terre ;

Le volet par derrière avait été forcé.

La belette voulut expliquer ce mystère.

Or donc, un beau matin,

Sur sa robe de satin,

Elle ajusta sa blanche collerette ;

Une simple pâquerette,

Sur son corsage, achevait sa toilette.

Elle arrive au poulailler,

Souriante, pimpante,

Et par une fente

Appelle le portier.

Un chapon l'introduit : « Eh ! bonjour, chères belles,
Leur dit-elle ; je viens savoir de vos nouvelles.
D'abord, je vous en veux beaucoup : vous auriez dû
Envoyer le pigeon chercher quelque remède,
Ou m'avertir. En quoi faut-il que je vous aide ?
Oh ! vous gardez la chambre, et je n'en ai rien su !...
Le mulot, vaguement, m'a dit qu'un mal étrange
      Vous tenait en captivité,
      Et vite j'ai quitté ma grange ;
Me voici, j'ai voulu savoir la vérité
Par moi-même. Je pars maintenant satisfaite.
Le mal est sans danger ; les beaux jours sont venus :
L'été va vous guérir. Oh ! mon Dieu, quelle fête
Pour moi quand j'apprendrai que vous ne souffrez plus ! »
Le coq lui répondit : « Ah ! bête scélérate !
      Nous connaissons de longue date
      La sincérité de tes vœux.
      Je sais bien ce que tu veux.
Ne viens pas devant moi raconter ces sornettes,
      Ce n'est pas nous que tu regrettes,
      Ce sont nos œufs.
      Allons, va-t'-en, et tout de suite,
Nous en avons assez de tes traîtres discours ;

Va-t'-en, ou j'appelle au secours :
Le chien qui veille en bas te fera la conduite.

     Ainsi devraient être chassés
     Ces visiteurs intéressés
     Qui vous accablent de tendresses :
« Et comment allez-vous ? Oh ! que je suis content
     De vous revoir bien portant;
Vous ne m'embrassez pas, moi qui vous aime tant. »
Ne vous laissez pas prendre à toutes ces caresses :
Ce sont de faux amis, soyez-en convaincus,
Qui viennent vous flatter pour avoir vos écus.

FABLE X

—

LES DEUX MÉDECINS.

Un écolier vif, pétulant,
Revint un soir de promenade
Triste, abattu, malade.
« Ah ! ce n'est pas étonnant,
Dit le docteur à la mère inquiète :
Votre bambin court trop, il a chaud, il s'arrête,
S'expose au vent.
Le mal est bientôt là. Rassurez-vous pourtant,
Il ne faut point que ceci vous chagrine.
C'est peu de chose. Avec de la quinine

Nous préviendrons l'accès suivant;

Et si vous voulez qu'il guérisse,

Tenez-le chaudement;

Qu'il évite absolument

Tout violent exercice. »

La fièvre disparut ; mais, quinze jours après,

Survint un autre accès,

Puis deux, puis trois ; l'enfant prenait mauvaise mine.

Sa mère fit venir un autre médecin,

Qui lui dit : « Votre fils respire un air malsain.

Je ne suis point surpris si la fièvre le mine :

Savez-vous qu'on étouffe ici !...

Mais ouvrez donc. Pourquoi l'enfermez-vous ainsi

Et le privez-vous d'air ? La fleur la plus vivace

S'étiole en captivité ;

Laissez-le gambader, courir en liberté :

Il faut aux jeunes gens le soleil et l'espace. »

Deux médecins sont rarement d'accord.

Le premier met ceci, le second veut qu'on l'ôte ;

Sur l'un, sur l'autre ils rejettent la faute.

Le mal, lui, n'a jamais tort.

FABLE XI

—

LES HÉRISSONS.

Vers la fin de l'année,
Par une froide matinée,
Les hérissons tinrent conseil.
Le plus vieux dit : « Messieurs, vous voyez, le soleil
Se montre rarement ; les premières gelées
Ont abattu les fleurs ; ce matin, les vallées
Etaient couvertes de frimas.
Les canards, les ramiers sont partis pour l'Afrique ;
J'aperçois des corbeaux, tout cela nous indique
Que la neige et l'hiver arrivent à grands pas.

Nous avons la sotte habitude

D'aller, pendant ces tristes jours,

Vivre seuls dans des trous, isolés, sans secours.

C'est un tort. Pourquoi donc chercher la solitude

Quand les autres animaux

S'unissent au contraire et restent en troupeaux ?

Nous ferions mieux, il me semble,

De passer l'hiver ensemble

Dans le même appartement :

Par notre chaleur réciproque,

Nous pourrions facilement

Combattre les rigueurs de cette froide époque. »

On partagea l'avis, et, dès le lendemain,

Toute la compagnie

Se trouva réunie

Au fond du même souterrain.

Dans un coin, chaudement, nos amis se blottirent,

En rond, bien serrés ;

Mais un quart d'heure après,

Par malheur, les piquants sortirent.

On se plaignit tout bas ; les vieux, moins endurants,

Prièrent leurs voisins d'être plus tolérants ;

Bientôt les murmures

Dégénérèrent en injures :

« Vous me gênez, dit l'un, passez donc par ici.

— Ah ! non, je n'entends pas qu'on me tracasse ainsi.

— Retirez donc vos dards. — Retirez donc les vôtres ;

Si je vous pique un peu, vous me piquez aussi.

De quel droit poussez-vous les autres ?

— Je ne pousse personne. Etes-vous plus que nous ?

En entrant, j'ai payé ma place comme vous... »

C'étaient des querelles,

Des disputes continuelles.

Les dames, à leur tour, faillirent se manger ;

Pour le coup, il fallut songer

A vite déménager,

Et chacun dans sa tanière

S'en alla vivre à sa manière.

Nous sommes nés

Bons, généreux, sociables,

A la condition de n'être point gênés

Par nos semblables.

A la moindre difficulté,

Adieu la fraternité :

On se fâche, on crie,

On s'injurie :

« Me déranger, vous céder ! Et pourquoi ?...

Ah! vous me traitez de la sorte !

C'est bien, je rentre chez moi,

Et de plus, je ferme ma porte.

FABLE XII

—

LE CANARD, LA POULE ET LE POUSSIN.

Un canard, arrogant, égoïste, vorace,
    Faisait souffrir toute la basse-cour,
Poules, poulets, dindons, chacun avait son tour,
    Même les oiseaux de sa race.
    Au monde il ne voyait que lui.
Pourvu qu'il fit passer sa faim et sa colère,
Le reste n'était rien ; les souffrances d'autrui
Etaient, pour ce tyran, chose bien secondaire.
    Quand Perrette, chaque matin,
    Distribuait la pâture,

Le gourmand, écoutant sa vilaine nature,

Accaparait le festin.

Il livrait hardiment bataille

A ses parents, à ses voisins,

Comme un preux sur les Sarrasins,

Frappant d'estoc et de taille.

A la fin, maître du terrain,

Il se gorgeait de son, de pâtée ou de grain.

Les plus petits, suivant l'usage,

Souffraient beaucoup de cette humeur sauvage.

Un poussin

Se plaignait souvent à sa mère :

« J'ai froid, lui disait-il, j'ai faim ;

Vous me quittez. Que dois-je faire ?

Quand on porte le panier,

J'ai beau venir premier,

On me bouscule et je ne puis rien prendre.

Si j'étais coq, au moins, je pourrais me défendre !

Quand je m'approche pour manger,

Cette bête cruelle,

Toujours prête à m'égorger,

Me foule aux pieds, me frappe de son aile. »

La poule dit : « Mon fils, éloignons-nous.

15

Auprès de ce brutal, nous n'aurons que des coups.
Venez dans la prairie,
Nous chercherons notre vie.
Laissez-lui tout ; sauvons-nous dans les champs
Qu'il en prenne à sa guise :
Un jour, on lui fera payer sa gourmandise.
Rappelez-vous que les méchants
Sont punis tôt ou tard de leur scélératesse. »
Le canard, en effet, devenu gras, dodu,
Fut remarqué par la maîtresse.
Huit jours après, il eut le cou tordu.

FABLE XIII

—

LES LAPINS.

Sous l'œil vigilant de leur mère,
De jeunes lapins
Folâtraient sur la bruyère.
Soudain, le son du cor fit tressaillir les pins.
Aussitôt, la mère, anxieuse,
Courut vers la troupe joyeuse.
« Allons, dit-elle, mes enfants,
Soyez obéissants,
Partons, partons vite.
Vous avez entendu ? cette voix nous invite

A presser notre départ.

Laissez-là vos jouets, nous reviendrons plus tard,

Ce soir au clair de lune, ou demain à l'aurore.

— Non, maman, dit l'aîné, ne partons pas encore.

Que risquons-nous dans le taillis ?

Cachons-nous là : le fossé nous protège.

Je veux voir des chasseurs défiler le cortège.

J'aperçois les piqueurs, ils n'ont pas de fusils,

Comment pourraient-ils nous atteindre ?

— C'est égal, mon enfant, l'homme est toujours à craindre

Avec ou sans 'fusil ; c'est un triste voisin,

Qui fait aux animaux une guerre sans fin,

Sans pitié. Je sais bien qu'en ce moment il chasse

Le cerf ou le sanglier ;

Mais, en passant, il fait main basse

Sur le menu gibier.

Tenez, déjà Brifaut du groupe se détache

Pour nous cerner ; allons, rentrez ou je me fâche. »

Et les petits,

Profitant de l'avis,

Disparurent dans la tanière.

La mère passa la dernière,

Et ferma prudemment la porte du logis.

Il était temps de quitter la clairière :
Une grêle de plombs partis je ne sais d'où
    Vint balayer les touffes de bruyère
        Qui tapissaient les bords du trou.

Mes chers enfants, dans votre insouciance,
        Vous n'apercevez pas
      Les dangers cachés sous vos pas ;
        Mais l'expérience
De votre mère est là pour vous les indiquer.
    Obéissez toujours sans répliquer.

FABLE XIV

—

LE VILLAGEOIS ET LE RENARD.

Pierre élaguait un chêne.
Soudain, un renard, hors d'haleine,
Au pied de l'arbre arriva tout tremblant :
Pendant la journée,
Une meute acharnée
L'avait suivi, mais inutilement.
Le renard se brossa, se lêcha. Sa toilette,
Une fois faite,
« Chères pattes, dit-il, ah ! vous m'avez rendu

Un service bien grand : sans vous j'étais perdu.

Pourrai-je l'oublier ? Je vous en remercie,

Vous m'avez sauvé la vie.

Je n'en dis pas autant

De cette horrible queue

Que je traîne partout : tantôt en s'élevant,

Comme un panache éclatant,

Elle me désignait aux chiens d'un quart de lieue,

Tantôt, en s'abaissant sur les sentiers poudreux,

Elle soulevait, par derrière,

Un nuage de poussière

Qui m'empêchait d'ouvrir les yeux.

Encor si je pouvais la couper !... Je regrette

Qu'un ami ne soit là pour... le rustre, à ce mot,

Laisse tomber sa cognée ; aussitôt

L'opération fut faite.

Et le renard de crier, de pleurer :

« Que je suis malheureux ! cette perte cruelle

Auprès de mes pareils va me déshonorer !

Comment me présenter ? Quelle honte éternelle !

C'était mon seul ornement !

Dieu sait si je pensais ce que je viens de dire !

Qu'ai-je fait ? J'ai voulu rire.
J'en suis puni cruellement.

Nous ne songeons qu'à l'utile ;
Nous méprisons le beau comme un présent fragile ;
Les ornements sont des biens superflus ;
Et quand ils n'y sont plus,
On se prend à verser des larmes,
On regrette les charmes
Trop tôt disparus.

FABLE XV

—

LE CHIEN ET LE CHAT.

Un molosse hargneux, farouche, menaçant,
  Avait pour compagnon de table
Un chat soumis, humble, aussi patient
  Que le dogue était redoutable.
Un soir, nos deux amis, après un bon repas,
  Causaient près de la cheminée
  Sur leur commune destinée :
« Frère, disait le chien, je ne te comprends pas :
Pourquoi cet œil éteint et surtout cette mine
   Si douce, si câline,

Toi qui descends

D'aïeux peu caressants

Qu'on appelle, je crois, le tigre et la panthère ?

Par saint Hubert ! sous ton air patelin,

On te prendrait pour le frère

De la belette ou de Jeannot lapin ?...

— Insensé, dit le chat, comment pourrais-je vivre

Si j'avais le malheur de suivre

Mon sanguinaire instinct ? Croyez-vous que les rats

En m'entendant rugir quitteraient leurs tanières

Et d'eux-mêmes viendraient se jeter dans mes bras ?

Je serais, pour dîner, souvent dans l'embarras.

C'est par des airs dévots, par de saintes manières,

Qu'on attrape aujourd'hui les gens.

Voilà pourquoi jamais je ne montre mes dents,

De peur que les souris n'en soient effarouchées.

Exprès, sous le velours, mes griffes sont cachées.

Ainsi je dois agir : Il faut que la bonté

En traits certains sur mon front soit inscrite.

Tout le monde, après tout, n'est-il pas hypocrite ?

Qu'est-ce que la société ?

C'est une mascarade, un grand déguisement,

Où chacun, journellement,

Arrange son maintien, se compose une mine,
Se grime, s'enlumine,
Pour mieux cacher ses défauts.
Que de nez empruntés ! Que de visages faux !
Et que font-ils ces bons apôtres ?
Ce que je fais, pis encore : ces gens
S'observent, passent leur temps
A se tromper les uns les autres.
Ah ! vous venez me reprocher
De cacher mon caractère !
Continuez à vous fâcher,
Montrez vos crocs, mettez-vous en colère,
C'est votre droit, mais qu'y gagnerez-vous ?
Des coups. »

Voilà bien ce que nous sommes.
Où ce diable de chat l'avait-il donc appris ?
Je crois, ma foi, qu'il connaissait les hommes
Bien mieux que les souris.

FABLE XVI

—

LES GRENOUILLES ET LE HÉRON.

Les grenouilles, irritées
    D'être persécutées
Par le dernier souverain
Que leur envoya Jupin,
Adressèrent, un jour, de justes remontrances
    A cet autre Néron.
    C'était, je crois, un héron :
« Oui, sire, nous vivons dans de mortelles transes,
Disaient-elles, pourquoi montrer un tel courroux ?
    Qui vous a dit de venir ? Est-ce nous ? »

Le despote leur dit : « Oh ! je sais bien qu'aucune
De vous ne me voulait pour roi,
Je vous en garde rancune.
N'en ai-je pas le droit ?
Ah ! vous trouvez étrange
Mon procédé ?
Mais précisément je vous mange
Pour ne m'avoir pas demandé.
Vous êtes des sottes,
Rentrez dans vos grottes. »

Quand les tyrans
Sont au pouvoir, il n'est plus temps
D'invoquer le droit, la justice :
Ne sont-ils pas venus pour nous rendre service ?
Ce sont eux qui devraient se plaindre de leur sort,
Les opprimés ont toujours tort.

FABLE XVII

—

LA MOUCHE ET LE HANNETON.

Un jeune enfant, au collège,
Avait construit un manège
Dans son pupitre. Il passait tout son temps
A nourrir, à dresser des animaux savants.
Des mouches, avec adresse,
Sur des trapèzes en papier,
Exécutaient mille tours de souplesse,
Mille sauts périlleux. Triste et cruel métier !

Plus loin, des cerfs-volants traînaient une calèche

      Attelée à la Daumont,

    Les plus vigoureux au timon,

      Les deux autres en flèche.

Au bout d'une ficelle, un petit hanneton,

      Autour d'un léger bâton

    Maintenu par une plume,

      Selon la coutume,

Tournait, tournait sans cesse en bourdonnant.

    Un jour, il s'arrêta pourtant.

    A ses voisins il dit avec audace :

« Pauvres forçats! jamais vous ne changez de place?

Oh! quel sort! je vous plains; moi, j'ai plus de loisir :

Je monte, je descends, suivant mon bon plaisir,

Et même dans les airs librement je m'envole... »

    Une mouche prit la parole :

    « Vous parlez de félicité ?

Mais où la voyez-vous ? êtes-vous mieux traité

    Par notre commun maître ?

Regardez à vos pieds, c'est le même lien,

    Un peu plus long et moins gênant peut-être,

Un fil, si vous voulez, mais ce fil vous retient.

Nous subissons la même peine,
Pleurons, pleurons notre captivité. »

Que m'importe une chaîne
De fer ou d'or, si j'ai perdu ma liberté !...

FABLE XVIII

—

LA BREBIS, LA FAUVETTE
ET LE ROSSIGNOL.

Dans une longue requête,
Adressée au vautour,
La timide brebis se plaignait qu'en plein jour,
Sans se gêner, la fauvette
Lui volait sa toison.
La coupable fut arrêtée
Et brusquement jetée
Dans une étroite prison.
Ah! c'était bien la peine,
Pour un peu de laine,

16

De s'adresser aux tribunaux,
Et de mettre sur pied gendarmes et corbeaux!...
Les oiseaux, assemblés au palais de justice,
Déclarèrent pourtant, à l'unanimité,
Que cette affaire avait assez de gravité
Pour passer en simple police.
On entendit, au moins,
Cent témoins.
La pie avait fait l'enquête
Dans les prés,
Et les chardonnerets
Avaient parfaitement reconnu la fauvette.
Elle fut condamnée à démolir son nid.
Devant la force que répondre?...
Que faire? Le printemps était déjà fini,
Et la belle était prête à pondre!...
Le rossignol vint la voir,
Calma son désespoir :
« Pondez, couvez, faites votre ménage;
Nous allons attaquer ce jugement sauvage.
Ne vous désolez pas : les délais de l'appel
Suspendent les effets de cet arrêt cruel. »
Trois mois après, la foule impatiente

Suivait assidûment cet émouvant débat.

Le rossignol, comme avocat,

Eloquemment plaida pour sa chère cliente :

Il parla de sa pauvreté,

De ses beaux yeux et de sa voix plaintive,

De ses deux mois de prison préventive.

« Ah! disait-il, quelle fatalité !

Non, je ne comprends pas ce procès ridicule;

Quoi! pour quelques flocons, la brebis, sans scrupule,

Nous traite de voleur, demande la prison,

Et quand l'homme lui prend tous les ans sa toison,

Elle voit, sans regrets, sa parure perdue,

Heureuse, je le crois, d'avoir été tondue!...

Vous voyez chaque jour les ronces, les buissons,

L'attendre au coin des bois, armés de leurs épines.

Cherche-t-elle à punir ces sanglantes rapines ?

Nullement. Ah ! nous connaissons

Le vrai motif de ce digne silence :

Il est triste, messieurs, d'être pauvre ici-bas,

C'est un malheur qui ne s'excuse pas.

Mais vous, que Dieu créa pour tenir la balance

Egale entre nous tous,

Vous pèserez ces faits dans votre conscience.

J'ai forcé la fauvette à venir devant vous,

C'est que, dans vos arrêts, j'ai pleine confiance. »

Il dit. Le président suspendit l'audience.

   La cour, alors, se retira,

   Gravement, au fond du bocage,

   Et longtemps délibéra

Si la peine serait l'exil ou bien la cage.

Les moineaux tenaient bon ; l'aigle fut plus clément,

  Il confirma le premier jugement

   Purement et simplement.

   Pour la moindre peccadille

Devant les tribunaux vous traînez les petits ;

  Si c'est un gros personnage qui pille,

   N'ayez pas peur qu'il soit pris.

Quand même on aurait tout en main pour le confondre,

Personne ne se plaint ; chacun se laisse tondre :

  Les grands voleurs ne sont jamais punis.

FABLE XIX

—

L'ÉCOLIER ET LE PASSANT.

Un écolier,
Qui vendangeait sur une treille,
Fut piqué par une abeille
En train de grappiller.
Quand il eut séché ses larmes,
Le premier soin de l'enfant
Fut de chercher des armes.
Il coupe un gros bâton, et s'en vient triomphant
A la ruche livrer bataille.
Mais le pauvre marmot

N'était pas de taille

A soutenir l'assaut.

Aussitôt l'essaim sort, précédé de la reine,

Vole de tous côtés, bourdonnant, frémissant.

Par bonheur, un passant

Prend l'étourdi par le bras et l'entraîne,

En courant, au fond des prés.

Le gamin en fut quitte

Cette fois pour la peur ; il fit bien d'aller vite :

L'essaim suivait de près.

Et le passant lui dit : « Que prétendiez-vous faire ?

Les abeilles ont eu raison

De défendre leur maison.

La colère

Est une triste conseillère.

Vous osez vous en prendre à plus puissant que vous ?

Petit fou, va, c'est bien vouloir chercher les coups !...

Si l'on vous a piqué, punissez la coupable,

L'essaim n'en est pas responsable :

Il est toujours dangereux

D'attaquer les gens chez eux. »

FABLE XX

—

LE CHIEN ET LE LOUP.

Un vieux loup rencontra dans les bois, en chassant,
Un dogue, au poil soyeux, roux, tacheté de blanc.
    Il loua fort sa prestance,
    Son embonpoint, sa vaillance,
    Mais il admirait surtout
    La forme et le bon goût
    De son habit plein d'élégance.
      « Oh vous pouvez très bien,
      Lui répondit le chien,
    En avoir un comme le mien ;

Justement mon tailleur vient d'en finir un autre,

    Du même prix que le vôtre ;

Je vais vous l'envoyer ce soir. Il vous ira.

Ils se portent moins longs, on le raccourcira.

— Hélas ! lui dit le loup, je connais peu les modes ?

Vous aimez ce qui brille, et c'est un grand défaut :

On s'y trompe souvent. Je sais ce qu'il me faut.

J'aime les vêtements modestes et commodes.

    Que c'est beau la simplicité !...

    Après tout, l'honnêteté

N'est-elle pas la plus belle parure,

    La plus durable et la plus sûre ?...

    Chacun son goût. Voilà le mien.

    — Je sais pourquoi, reprit le chien,

    Vous préférez un habit sombre :

C'est pour dissimuler et ne pas être vu.

    Vous faites vos coups dans l'ombre.

    Nous connaissons votre vertu !... »

    Que d'esprit, de finesse,

    De ruse, de scélératesse

Se cachent quelquefois sous un habit grossier !

    Pour exercer leur métier,

Mieux cacher leurs calculs perfides,
Les gueux prennent souvent des allures timides,
D'humbles déguisements. L'enveloppe n'est rien.
J'en dis autant du maintien.

FABLE XXI

—

LE RAT ET LA JEUNE SOURIS.

« Oh! que le monde est beau! disait à ses compagnes,
     Une jeune souris :
     Figurez-vous, j'ai vu Londres, Paris,
Le Rhône, l'Océan, les plus hautes montagnes!
         — Tiens, dit un rat, j'en suis surpris :
     Ordinairement, à votre âge,
On n'a vu ni la mer, ni ces grandes cités.
         Contez-nous donc votre voyage.
         — C'est bien simple, écoutez :

Je suppliais, un jour, mon père
De m'emmener avec lui dans les champs :
Je voulais voir le ciel, la terre.
« Non, me dit-il, dans quelque temps :
» Vous êtes jeune encore, et je redoute
» Pour vous les dangers de la route.
» Nous sommes environnés,
» Ma pauvre enfant, d'ennemis acharnés.
» Notre salut, c'est la fuite.
» Souvent je cours un quart d'heure de suite,
» Et, pour me tenir pied, vous êtes trop petite.
» Tenez, grimpez sur moi, regardez par ce trou ;
» Sans exposer votre vie,
» Vous pouvez sur-le-champ contenter votre envie ;
» Pour plus de sûreté, tenez-vous par ce clou. »
Et bientôt, sur son dos hissée,
Le cou penché, les yeux tout grands ouverts,
Tremblante, j'aperçus à mes pieds l'univers...
— Je m'explique à présent votre noble odyssée,
Dit le rat, je comprends ; seulement, pour Paris,
Ma belle, vous avez pris
La grange du voisin et les toits du village ;

Le Rhône est ce ruisseau qui fuit dans le bocage,
    Et l'Océan ce petit réservoir.
        Ainsi du reste. »

     Soyez discret, soyez modeste,
Jeune prétentieux, qui parlez sans savoir,
Vous ne doutez de rien, vous voyez tout en rose !
Eh ! peut-on ignorer quelque chose à vingt ans,
Dites-vous, on sait tout, et la plupart du temps,
   Vous le voyez, on ne sait pas grand'chose.

ÉPILOGUE

ÉPILOGUE.

—

Il faut pourtant que je m'arrête.
Nos défauts, par bien des côtés,
N'ont pas encore été traités.
Je rendrai quelque jour mon œuvre plus complète ;
Pour le moment, avant d'aller plus loin,
J'ai besoin
De savoir si mes vers, par leur grâce légère,
Ont le mérite, au moins, de ne pas vous déplaire,
En vous peignant les traits des sots et des méchants.
Si j'obtiens cet honneur, je reprendrai mes chants ;
Alors, plus à mon aise,
Je voudrais, élevant ma voix,
A mon tour chanter mes bois,
Mon clocher, ma chère Corrèze...

Mais pourquoi caresser un si charmant projet?
Je crains bien qu'au moment d'aborder mon sujet,
    Ma muse, simple et naïve,
    Ne revienne dans les buissons
Surprendre de nouveau les amours de la grive
    Ou les disputes des pinsons.

TABLE

—

TABLE 259

Tulle, Imp. Crauffon administrative et commerciale, rue du Trech, 36.

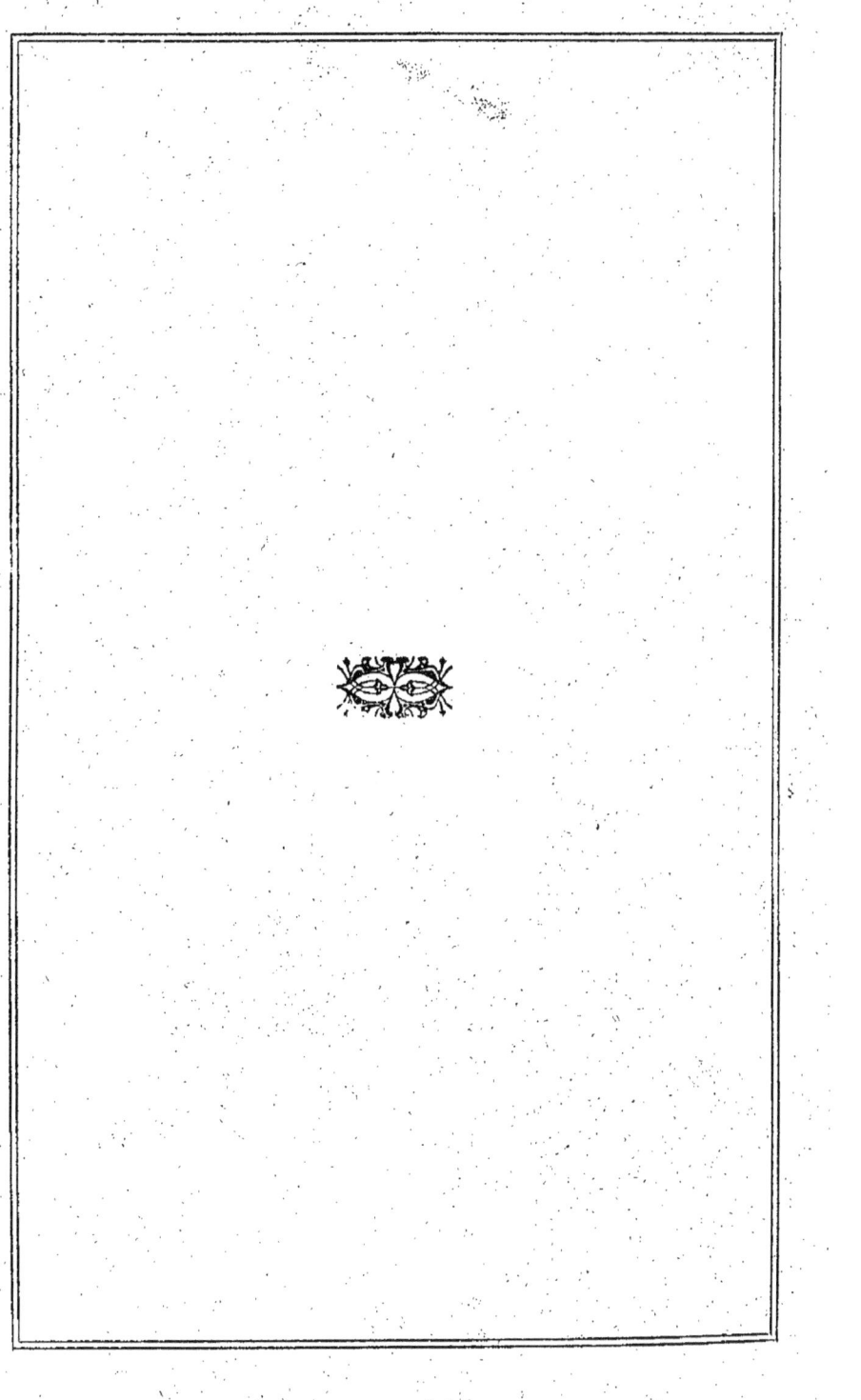